古典詩歌研究彙刊

第二五輯

龔鵬程　主編

第 2 冊

白居易「閒適」詩研究
——以「情性」為考察基點（上）

蔡叔珍　著

國家圖書館出版品預行編目資料

白居易「閒適」詩研究——以「情性」為考察基點（上）／
蔡叔珍 著 — 初版 — 新北市：花木蘭文化事業有限公司，2019
〔民 108〕
目 4+156 面：17×24 公分
（古典詩歌研究彙刊 第二五輯；第 2 冊）
ISBN 978-986-485-630-5（精裝）
1.（唐）白居易 2. 唐詩 3. 詩評
820.91　　　　　　　　　　　　　　　　108000645

ISBN-978-986-485-630-5

古典詩歌研究彙刊
第二五輯　第 二 冊　　　　　ISBN：978-986-485-630-5

白居易「閒適」詩研究
——以「情性」為考察基點（上）

作　　者　蔡叔珍
主　　編　龔鵬程
總 編 輯　杜潔祥
副總編輯　楊嘉樂
編　　輯　許郁翎、王筑　美術編輯　陳逸婷
出　　版　花木蘭文化事業有限公司
發 行 人　高小娟
聯絡地址　235 新北市中和區中安街七二號十三樓
　　　　　電話：02-2923-1455／傳真：02-2923-1452
網　　址　http://www.huamulan.tw 信箱 hml810518@gmail.com
印　　刷　普羅文化出版廣告事業
初　　版　2019 年 3 月
全書字數　288100 字
定　　價　第二五輯共 6 冊（精裝）新台幣 10,000 元　　版權所有·請勿翻印

目

次

第一章　緒　論

第一節　研究動機與論題的提出

　　白居易（字樂天，晚年自號香山居士，772～846）為中唐著名的文學家，在他生活的七十五年期間，標誌唐王朝由盛轉衰的關鍵——「安史之亂」的後續效應依舊持續著，藩鎮的跋扈，便是安史之亂留給唐室的若干重大難題之一〔註1〕。除了藩鎮割據，宦官權力的膨脹、黨爭衝突的種種因素，造成社會動盪不安日益嚴重，統治階層也面臨極大的考驗，在這種情勢下，知識份子主張在政治上有所革新，反映在文學領域上，便是以白居易為主導的一場文學改革運動——新樂府運動，主要藉由詩歌揭發和諷刺當時的社會現象，希望達到「惟歌生民病，願得天子知」的目的，這類作品帶有濃厚的政治色彩，也透顯白居易參與政治的積極度及企圖心，因而常被歸類為「社會寫實派」詩人。

　　貞元二十一年（805）正月，德宗死，太子誦繼立，是為順宗。他因夙患風疾，於同年八月，傳位給太子純而自號太上皇，並改元永貞。太子純即位，是為憲宗。次年，改元元和。元和共有十五年（806

〔註1〕傅樂成著：《隋唐五代史》（臺北：長橋出版社，1979 年 3 月），頁87。

～820），在唐史上號爲「中興」時期。〔註2〕白居易極力主張詩歌要具有政治、社會功能的時期，也是與憲宗「中興」時期吻合。白居易在元和二年至六年（807～811）任翰林學士、左拾遺期間，基於憲宗對他的信任，他爲了實現他的政治主張，將耳聞目睹的時政弊失以及民生疾苦情況訴諸筆端，因而創作了一系列以〈秦中吟〉、〈新樂府〉爲代表的諷諭詩。

白居易的諷諭詩，總共一百七十多首，其中至少四分之三以上，寫於元和六年（811）四月以前，元和十年（815）後，諷諭詩的生命也逐漸宣告結束。可見諷諭詩的寫作有一定的創作時間，也代表某個時期白居易的政治文學思想。即使諷諭詩在數量上不並足以代表全部，但諷諭詩的成就卻爲後人所推崇，元稹在〈白氏長慶集序〉中，稱白居易的賀雨詩、秦中吟，時人比爲風騷〔註3〕，歷代詩論者也常以諷諭、教化的觀點，稱美元白的諷諭詩。例如晚唐張爲，在其作主客圖序中，以「白居易爲廣大教化主」，以元稹爲入室弟子。〔註4〕除了諷諭詩外，白居易的〈長恨歌〉、〈琵琶行〉諸篇，也廣受世人喜愛，歷久不衰。1990年代之前，不論大陸學者或臺灣學者，對於白居易的研究層面太過狹隘，往往集中在諷諭詩及感傷詩的〈長恨歌〉、〈琵琶行〉兩篇作品，〔註5〕對於白居易其他作品則留有太多空白。

〔註2〕同注1，頁90。

〔註3〕元稹：「〈賀雨〉、〈秦中吟〉等數十章，指言天下事，時人比之《風》《騷》焉」，參見唐・白居易著、顧學頡校點：《白居易集》（北京：中華書局，1999年11月），頁1。

〔註4〕參見陳友琴編：《白居易資料彙編》（北京：中華書局，1986年1月），頁11。

〔註5〕謝佩芬針對近四十年來（1949～1991）臺灣地區白居易研究進行概況性的介紹，認爲關於白居易作品之研究，數量雖眾，但多偏重其爲人熟知之篇什，涵括範圍未臻全面，發展空間仍甚寬廣，參見謝佩芬：〈近四十年來臺灣地區白居易研究概況〉，《中國唐代學會會刊》第三期，1992年10月，頁63。寒長春則認爲大陸學者對白居易的研究著重點是在諷諭詩及〈長恨歌〉、〈琵琶行〉兩篇作品探討上，參見寒長春：〈八十年來中國白居易研究述略〉，《西北師大學報》社會科學版（1993年第3期），頁12。

　　樂天的獨特性在於多次整理詩作〔註6〕，爲詩歌進行分類，但其分類的重要性仍未獲得充分重視。樂天多次爲作品進行分類，分類的標準也不盡相同，但其中有一類卻是貫串詩人一生，這一類便是「閒適詩」，歷來研究者往往將焦點集中在「諷諭詩」上，是有所欠缺的。諷諭詩開展出的詩人面貌多集中在社會寫實方面，無法對詩人的精神取向作全盤的掌握，況且諷諭詩數量占全部詩作的比例不大，只能代表樂天特定時期的創作取向。閒適詩卻有漫長的寫作歷程，與詩人的生命歷程分不開。若要重新對樂天進行全盤的認識及評估，閒適詩無疑提供了一條途徑。以下將針對兩部分作文獻回顧的工作：一是針對白居易的閒適詩而立論，二是與白居易閒適詩相關所發展出的論點。

　　關於白居易閒適詩及其相關議題的研究現況，由於各篇論文的主旨有諸多不同，爲方便討論，以下以分類的形式進行探討：

■泛論閒適詩的風貌

　　這一類文章中，大多以作品賞析的方式進行討論，從中歸納閒適詩的特色，計有以下幾篇：

　　王家歆：〈白居易閒適詩及其閒適生活〉，《社教資料雜誌》187期，1994年2月。

　　劉春亨：〈白居易的「閑適詩」探微〉，《屏中學報》6期，1996年12月。

　　史素昭：〈試論白居易閑適詩的分期、內容及藝術特色〉，《廣州大學學報》（社會科學版），2002年第10期。

〔註6〕黃亦眞在《白詩研究》便整理出白居易整理自己詩作的次數及歷程，共分十二次：新排十五卷詩成（元和十年）；白氏長慶集五十卷（長慶四年）；白氏長慶集後集（大和二年）；元白唱和因繼集三卷（大和二年）；劉白唱和集二卷（大和三年）；劉白吳洛唱和集卷（大和七年）；洛詩（大和八年）；東林寺白氏文集（大和九年）；聖善寺白氏文集（開成元年）；蘇州南禪院白氏文集（開成四年）；白氏洛中集（開成五年）；白氏集（會昌五年），參見黃亦眞：《白詩研究》（臺北：私立文化大學中國文學系碩士論文，1977年），頁38～48。

　　王家歆已注意到白居易詩作中，以閒適詩的數量最多，「此後（寶曆元年，825）白氏雖仍然作閒適詩，但未標明爲閒適詩」〔註7〕，但其中原因，並沒有進一步說明。劉春亨的討論範圍僅以白居易文集中的卷五至卷八，總計二百一十六首，探討白居易如何在困厄的環境中，調適他的心情，而表現在詩作上，注意到閒適詩有時作爲白居易調適心情的寫照。史素昭文中探討的閒適詩，基本上也以二百一十六首爲範圍，指出白居易的閒適詩以元和十年（815）詩人被貶江州司馬爲界，分爲前後兩期——前期的閒適詩，多寫於作者從政之餘的悠閒之樂，也不時夾雜仕途險惡的憂疑；後期的閒適詩多樂天知命、明哲保身之作。〔註8〕同樣也從貶謫遭遇觀看閒適詩風的轉變。

■探討白居易在閒適詩中體現的精神

　　這一類文章中，針對白居易閒適詩體現出的精神層面加以論述，有些著重在對生命的安頓與調適，有些著重在知足面向，各有不同論點的闡發，計有以下幾篇：

　　丁亞傑：〈生命的安頓與調適——試析白居易諷諭詩、閒適詩與感傷詩的結構〉，《元培學報》3 期，1996 年 12 月。

　　日・松浦友久著、李寧琪譯：〈論白居易詩中「適」的意義——以詩語史的獨立性爲基礎〉，《山西師大學報》（社會科學版）1997 年第 1 期。

　　林明珠：〈詩與日常生活（上）——白居易閒適詩的藝術表現〉，《白居易詩探析》（臺北：私立東吳大學中國文學研究所博士論文，1997 年 5 月）。

　　謝蒼霖：〈白居易閑適詩中的「知足」心〉，《江西教育學院學報》（社會科學）2001 年第 5 期。

〔註7〕參見王家歆〈白居易閒適詩及其閒適生活〉一文，頁2。
〔註8〕參見史素昭〈試論白居易閒適詩的分期、內容及藝術特色〉一文，頁 22～23。

　　檀作文：〈試論白居易的閑適精神〉，《安慶師範學院學報》（社會科學版）2002 年第 1 期。

　　史素昭：〈獨善和兼濟相交織，知足與保和相融合──試論白居易閑適詩體現出來的人生態度〉，《懷化學院學報》2002 年第 3 期。

　　丁亞傑試圖在文中詮釋白居易將諷諭、感傷、閒適三類詩作並列的原因，並提出閒適詩的意境是為生命的安頓，「超越生命的限制之後，才能對現實之生有一正面肯定，進而體會生機與生趣，並與大自然為友，具體生命於其中安頓」〔註9〕，已道出閒適詩的本質──為求安頓自身，並沉溺在大自然中享受日常情趣。松浦友久一文則探究白詩中「適」字的種種用法，並追溯「適」字的來源及歷代的相關用法。提出「白居易的閒適詩與其說是『閒』，倒不如說是『適』更恰切」〔註10〕，體現閒適詩的精髓在於對「適」的追求，並認為「追求『適』的詩性理念是白氏把『詩作』與『日常生活』二者不可或缺地聯結起來的關鍵」〔註11〕，已注意到閒適詩中描繪「日常生活」的特點。林明珠則探討白居易閒適詩中「閒」與「適」的意涵，以及閒適的意境，認為白居易所言的閒適是「指清閒無事，而且脫離世俗的憂慮和慾念，本身心平氣和或者與自然和諧相安的一種心境」〔註12〕，道出白居易閒適詩的精神。並且認為這種心境經常提升到哲學和審美觀照的程度，在此，林明珠已對白居易閒適詩中觀照出的審美意趣作了個開端。

　　謝蒼霖一文則認為白居易閒適詩中搏動著一顆知足之心，並為其知足心找尋消極、積極方面的根源。檀作文則通過對白居易閒適

〔註 9〕參見丁亞傑〈生命的安頓與調適──試析白居易諷諭詩、閒適詩與感傷詩的結構〉一文，頁157。
〔註10〕參見日‧松浦友久著〈論白居易詩中「適」的意義──以詩語史的獨立性為基礎〉一文，頁45。
〔註11〕同注10，頁46。
〔註12〕參見林明珠博論《白居易詩探析》，頁169。

詩代表作的分析及相關關鍵詞的統計，白居易的閒適精神可概括為遂性逍遙、知足保和、委運順化等特點，其淵源來自以莊子為代表的道家思想。史素昭一文則提出白居易閒適詩體現出的人生態度是獨善與兼濟相交織，知足與保和相融合，到了後期，從而找到了真正的心理歸宿。總之，閒適詩的精神本質在於安頓自身，體現自適、知足的生活型態。

■觸及白居易中晚年的思想層面

這一類文章中，從不同的思考面向，探討閒適詩蘊含的思想層面，計有以下幾篇：

陳忻：〈從「閑適」走向「自適」——論江州時期與忠州時期白居易思想的發展變化〉，《重慶師院學報》（哲社版）2000 年第 4 期。

鄧新躍：〈白居易閑適詩與禪宗人生境界〉，《湘潭師範學院學報》（社會科學版）2002 年第 4 期。

趙榮蔚：〈論白居易後期閑適詩歌的創作心態〉，《陰山學刊》2002 年第 4 期。

賈晉華：〈「平常心是道」與「中隱」〉《漢學研究》16 卷第 2 期，1998 年 12 月。

侯迺慧：〈艱難感對白居易樂天思想與樂天型態的影響〉，《中華學苑》42 期，1992 年 3 月。

尚永亮：〈論白居易所受佛老影響及其超越途徑〉，《陝西師大學報》（哲學社會科學版），1993 年第 2 期。

張安祖：〈外容閒暇中心苦 似是而非誰得知——析白居易晚年心態〉，《北方論叢》，1996 第 3 期。

韓學宏：〈「霄漢風塵俱是繫」——白居易「中隱」思想研究〉，《中華學苑》52 期，1999 年 2 月。

孫臣：〈談白居易的「中隱」〉，《松遼學刊》（哲學社會科學版），2000 年第 1 期。

作者簡介

蔡叔珍，高雄人，國立成功大學中國文學研究所畢業，現任教於高雄市立三民家商。

提　　要

　　本文以白居易閒適詩爲主要考察對象，先溯源中國閒適詩類的發展，再探索白居易閒適詩展現的情性觀，最後思考白居易閒適詩在中國詩歌史上的意義。全文共分七章：

　　第一章爲「緒論」，以目前學界相關著作之概況，說明本文的研究動機與目的。第二章爲「『閒適』意識的形成與閒適詩類溯源」，探究白居易之前閒適情調詩歌在「日常生活」層面的擴展，以及王維、韋應物詩中開展出的觀念，對白居易閒適詩產生的影響力。

　　第三章爲「白居易閒適詩的提出與作品呈現（一）——前集閒適詩的考察」，第四章爲「白居易閒適詩的提出與作品呈現（二）——後集閒適詩的界定」，從閒適詩著手，抓出「獨善」與「知足保和」兩大觀念，試圖用「敘理入情」的概念分析如何將「獨善」與「知足」哲學命題，運用到詩歌創作中。

　　第五章爲「白居易閒適詩的自我建構策略及意義」，先藉由「寫眞」詩類的自我審察與描寫，探索白居易對自我的定位，並考察白居易居洛京十七年中，如何在洛陽形成一個自我小社群。第六章爲「白居易閒適詩中開展出的獨特文人品味」，分別就閒適詩中的掩關而居、飲酒、寄跡山水、居家環境布置四方面加以探究。第七章爲「結論」，概述本文的研究心得之外，對於後續的發展研究作了簡單的分析，作爲日後努力的方向。

白居易「閒適」詩研究
──以「情性」為考察基點(上)

蔡叔珍 著

陳忻：〈論中國古代文人朝隱的三種類型〉，《重慶師院學報》（哲學社會科學版），2002 年第 1 期。

上述期刊中，有些針對白居易閒適詩立論，有些則未說明專就白居易哪一詩類而探討，但其中的觀點均在白居易的閒適詩中有所體現。陳忻一文認為白氏「從退居渭村起，作者就開始追求『適』的境界，而左遷江州、刺史忠州更使這一思想充分展開，並進一步完善，且一直貫穿於後期的政治、生活態度中」〔註13〕，將忠州時期視為閒適詩發展中的重要階段。鄧新躍、趙榮蔚、尚永亮分別從禪宗、老莊與禪佛、佛老超越途徑，探討對白居易後期思想的影響。或者，專就詩歌的「中隱」思想立論，探究「中隱」的實質內涵與承繼關係。總之，從中可看出老莊、佛老對白居易後期思想的巨大影響性，以及從中開展出的「中隱」道路。由上可知，追求自適的道路以及中隱觀的闡發，均對白居易中晚年的生活產生巨大影響。

■觸及白居易的生活面向

這一類文章中，分別從園林、飲酒、飲食習慣、居家選擇、老年生活各方面論述，對白居易的日常生活進行考察工作，這類型的論文，如下所列：

呂正惠：《元和詩人研究》（臺北：私立東吳大學中國文學研究所博士論文，1984 年）。

楊宗瑩：〈白居易的林園藝術〉，《教學與研究》6 期，1984 年 5 月。

楊宗瑩：〈白居易的愛好——飲酒〉，《國文學報》13 期，1984 年 6 月。

楊宗瑩：〈白居易的飲食習慣〉，《中國學術年刊》8 期，1986 年 6 月。

〔註13〕參見陳忻〈從「閒適」走向「自適」——論江州時期與忠州時期白居易思想的發展變化〉一文，頁38。

王能傑：〈白樂天經營洛陽履道宅始末〉，《省體專學報》19 期，1991 年 6 月。

王能傑：〈醉吟先生飲酒樂〉，《國立臺灣體專學報》3 期，1993 年 6 月。

林明珠：〈試論白居易詩中的老年世界〉，《花蓮師院學報》6 期，1996 年 6 月。

林明珠：〈試論白居易詩中表現自我的藝術〉，《國際人文年刊》5 期，1996 年 6 月。

韓學宏：〈白居易詩中的「老境」〉，《華梵學報》第四卷第一期，1997 年 5 月。

王紅麗：〈白居易詩中衰老主題的文化闡釋〉，《天府新論》，2000 年第 4 期。

孫慧敏：〈致身吉且安——白居易的居宅選擇〉，《中國歷史學會史學集刊》2 期，2000 年 7 月。

呂正惠在《元和詩人研究》博論當中，對於白居易詩歌中描述日常生活的特質，作了開創性的立論，並將這樣的書寫特質追溯到杜甫身上。認為杜甫敘寫的日常生活詩，「它所描寫、所歌詠的就像一般的生活，它從一般的生活體會出情趣，體會出詩味，並不顯得特別『高尚』，但總是親切宜人」﹝註14﹞，從平凡的日常生活卻能體現出詩味，這股書寫特質被白居易所承繼。因而白居易擅長描寫日常生活，尤其晚年的作品把這特色表現得淋漓盡致，因此，白居易是中國詩史上第一個仔細描寫老年人日常生活的詩人。﹝註15﹞由此概念引發，後來許多學者都針對白居易日常生活的不同面向加以發揮，各呈顯出白居易不同的生活樣貌。

由以上資料可發現，在前人的研究成果上，對白居易的閒適詩已有某部分的關注及探討。可以說，前人研究已注意到白居易閒適詩的

﹝註14﹞ 參見呂正惠《元和詩人研究》，頁 234。
﹝註15﹞ 參見呂正惠《元和詩人研究》，頁 241～242。

分期問題、詩歌中的思想層面以及開展出的生活面向及生活品味，但探討層面仍不夠完整。

筆者認爲探討某一詩類，必須把握詩類的本質與特色，加以立論，而且詩歌的風格取向與詩人的精神面貌息息相關。白居易在〈讀張籍古樂府〉提及：「上可裨教化，舒之濟萬民；下可理情性，卷之善一身。」〔註16〕，認爲張籍古樂府的作用，向外可以濟萬民，往內可以調理個人的情性，可見理情性是偏向內在的一面。白居易對閒適詩的定義：「或退公獨處，或移病閒居，知足保和，吟玩情性者一百首」，「退公獨處」及「移病閒居」說明創作閒適詩的機緣，「知足保和」及「吟玩情性」才是樂天在閒適詩強調的特色。「知足保和」代表一個明確的心理狀態，至於「情性」的涵蓋面則較廣，加上樂天將閒適詩定位在「獨善」部分，可見閒適詩專門梳理個人的情性，其核心議題也就是探討「吟詠情性」。白居易創作閒適詩，不論爲官與否，都將詩歌創作視爲「獨善」面向，也就是政治以外的部分，因而其心境也是脫離政治，回歸到詩人本身的浪漫性及個體性。不論是「獨善」面向或回歸詩人身份，都與自我情性有著密切關係。因而，筆者選擇以「情性」作爲白居易閒適詩的考察基點，考察白居易如何在閒適詩中梳理個人內在情性，表現於外的特質又是如何，並企圖與中國詩論中的「情性」觀進行對話，突出白居易閒適詩中情性觀的特色。

總之，筆者欲以白居易「閒適詩」爲探討對象，以「情性」爲考察基點，探究閒適詩產生的背景因素及創作動機，閒適詩的創作歷程與創作階段，考察閒適詩在不同階段是否有風格上的轉變。白居易藉由閒適詩開發出何種獨特的議題，呈現出屬於自我情性的特質。以期透過白居易的閒適詩，考察出眞實貼近白居易性格面向的路徑，也補足白居易一個比較客觀而周全的評價。

〔註16〕見《白居易集》，同注3，頁2。

第二節　研究範圍與研究方法

筆者探討的主題是──白居易「閒適詩」研究，因而研究範圍主要有二：

其一，中國閒適詩的探源，簡言之，探索白居易之前的閒適詩軌跡。雖然白居易給予中國「閒適詩」一個明確的意涵，但閒適情調的書寫卻早已出現在中國詩歌當中，只是當時不被時人注意，一直到了中唐時代，白居易才特地分出一類，讓閒適詩成了中國詩歌的眾多類型之一。既然如此，探究閒適詩的源起與發展，便是本論文的首要工作。透過探索閒適詩的源起與發展，也才能確切掌握白居易閒適詩中開展出的概念，哪些爲承繼前人之處，又有哪些是白居易獨自開創的議題。舉例而言，陶淵明歸田生活中所開啓的閒情文化〔註17〕，以及杜甫詩中有關日常生活的描繪〔註18〕，已有學者注意且加以闡發。這些觀點對探討白居易的閒適詩，都有相當的啓發性。

其二，白居易的閒適詩。白居易在元和十年（815）於〈與元九書〉中提出閒適詩的範圍與界定：「又或退公獨處，或移病閑居，知足保和，吟玩情性者一百首，謂之『閑適詩』」〔註19〕，看似確定的一百首閒適詩，但其中討論的空間還是相當大。主因在於這只是元和十年以前閒適詩的作品數量，之後白居易並沒有再爲自己的閒適詩做出明確的數量統計，甚至在後期的詩作中也不見「閒適詩」之名，詩作只以「格詩」、「律詩」爲區別。在現今所見的白居易版本中，現存最早的白集刻本是宋紹興刻七十一卷本的《白氏長慶集》，筆者在論文中所引用的文本──顧學頡校點的《白居易集》〔註20〕，也是以此作爲底本，顧學頡參校宋明清各本進行校勘和標點工作。

〔註17〕例如韋鳳娟：《悠然見南山──陶淵明與中國閒情》（臺北：中華書局，1993年1月）一書。

〔註18〕關於此論點，筆者在上述已探討過，在此不再贅述。

〔註19〕參見同注3，頁964。

〔註20〕唐・白居易著、顧學頡校點：《白居易集》（北京：中華書局，1999年11月）。

宋紹興刻本也是目前白集研究者中最常引用的底本，若進行翻閱工作，便可發現全集中的閒適詩包含四卷，共計二百一十六首，與白居易自言的一百首有所出入，也可看出元和十年後白居易依舊創作閒適詩。

那麼，這四卷閒適詩的寫作時間止於何時，根據筆者的考察，這四卷閒適詩止於寶曆元年（825）〔註21〕。對於白居易詩歌的繫年，筆者主要依據的版本是大陸學者朱金城的《白居易集箋校》〔註22〕一書，並以臺灣學者羅聯添的《白居易年譜》〔註23〕一書，作為參酌。至於寶曆元年後創作的詩作中，哪些才具備閒適詩的特質，關於這個議題，學者鮮少對此加以說明、探究，通常都是用「後期以閒適詩創作為多」一語帶過。因而，確定白居易閒適詩的範疇，便成了本論文的基礎工作。

針對上述所言的兩項範圍，相對應的研究方法，如下：首先，考察曾對「閒適」做過定義的詩論家──白居易及元代的方回（1227～1307），方回在《瀛奎律髓》一書中不僅界定「閒適詩」，在文後也列出相關的詩人作品，相互印證。因而，筆者根據白居易及方回的理論，以後涉研究的方式，對閒適作一番義界，先確定閒適詩的指涉意涵。隨後，再根據後人的研究基礎上，界定出閒適詩類源頭的取材範圍，此取材範圍包含詩人及其相關閒適作品。從中探索出中國詩歌中「閒適」意識的形成與發展，以及詩人的書寫取向。所以，先以理論的方式界定閒適詩類的意涵，從中擇選出相關的詩人與詩作，再透過實際作品的分析，探討閒適詩類的創作思維進路，及從中開展出的議題。

第二，白居易除了元和六年（811）至元和九年（814）這期間因

〔註21〕關於此時期詩歌的繫年，可參閱附錄二「白居易閒適詩一覽表」。

〔註22〕唐‧白居易著、朱金城箋校：《白居易集箋校》（上海：上海古籍出版社，1988年12月）。朱金城在此書中不但對白居易詩作的繫年作了一番詳實的考察，對於白居易詩中提到的交遊人名也均作詳細考證，實在是研究白氏者不可或缺的書籍。

〔註23〕羅聯添：《白樂天年譜》（臺北：國立編譯館出版，1989年7月）。

母喪的因素，辭官回到下邽，其他的時間，白居易可說都在政治場中度過。在政治環境中，樂天依舊創作閒適詩，因而閒適詩與詩人的官職有著密切關係。加上詩人一生中也經歷許多官職的調度，因而瞭解各官職的性質，才能更進一步掌握閒適詩中所言的情境。關於白居易官職的性質與執掌，筆者主要參閱古代典籍中《唐六典》、《唐語林》、《新唐書・百官志》〔註24〕等歷史資料，以及後代學者對唐代政制史的研究書籍〔註25〕。

　　第三，先將白居易的閒適詩分階段來考察，依筆者所見，可分爲前後兩期。前期又可分爲三個階段──元和十年（815）貶官前的作品、江州司馬任內至長慶二年（822）的作品、長慶三年（823）至寶曆元年（825）的作品。後期專指寶曆元年後的作品。早期的第一階段中，白居易曾明確對閒適詩作一番界定，主張閒適詩是「或退公獨處，或移病閑居，知足保和，吟玩情性者」，退公獨處移病閒居的情境下創作出具有知足保和、吟玩情性的作品。理論上是如此，但經由實際的作品考察，是否對閒適詩的內涵有所增廣，則是考察要點。因而，除了界定出每個階段的閒適詩作，也必須針對閒適詩作詳實的考核，以便檢驗白居易在閒適詩理論與作品之間的相應關係。

　　第四，利用心理學、社會學及美學相關領域的視角，審視閒適詩中的相關議題，例如以社會休閒、閒暇的文化概念，瞭解古代士人如何在政治圈中培養閒適的心境。以心理學角度分析白居易閒適詩中的「自我」概念，如何認識眞實的自我、調和「外表的我」與「內在的我」之間的矛盾性。從生活美學的角度，分析白居易閒適詩中開展出的獨特文人品味。

〔註24〕唐・李隆基撰、唐・李林甫注、日・廣池千九郎校注、日・內田智雄補注：《大唐六典》（西安：三秦出版社，1991 年 6 月）、宋・王讜撰、周勛初校證：《唐語林校證》（北京：中華書局，1997 年 12）、宋・歐陽修，宋祁撰：《新校本新唐書附索引》（臺北：鼎文書局，1981 年）。

〔註25〕例如楊樹藩：《唐代政制史》（臺北：正中書局，1967 年 3 月）、張晉藩主編：《中國官制通史》（北京：中國人民大學出版社，1992 年）。

第三節　「閒」、「適」空間的產生與拓展

　　從現有文獻看來，「士」是古代封建社會中最底層的貴族，《國語》晉語四記晉文公元年（公元前六三五年）的政治措施有云：「公食貢，大夫食邑，士食田，庶人食力，工商食官，皂隸食職，官宰食加，政平民阜，財用不匱」〔註26〕，這記載在經濟生活上說明了「士」是處於大夫與庶人之間的地位。到了春秋時期，社會上出現大批有學問知識的士人，然而社會上並沒有固定的職位等著他們，於是他們必須面臨「仕」的問題。傳統儒家對於「仕」的問題也相當重視，儘管提出了「學而優則仕」〔註27〕的主觀條件，但社會的現實客觀條件卻不盡如此，即使如此，孔子依舊堅持知識份子不論爲官與否，都必須以道自任〔註28〕，士的價值取向必須以「道」爲最後依據。以道自任是基本精神，換言之，以修身爲本，以治國爲理想目標，最終希望能進入政治體系爲君王、天下百姓謀福利。如同文崇一指出的：依照儒家文化理想建構的社會，是一種金字塔式的結構，知識份子在其間努力謀求官職，取得濟世的機會。〔註29〕

　　然而官職一途卻是一條艱辛路，也是一條不歸路，爲求進入仕途，不惜犧牲自己的寶貴時間及青春，即使順利謀求一官之職，但政治環

〔註26〕　參見周・左丘明撰、吳・韋昭注：《國語》晉語四「文公修內政納襄王」（臺北：漢京出版社，1983 年 12 月），頁 371。

〔註27〕　《論語・子張》：「子夏曰：『仕而優則學，學而優則仕』」，參見魏・何晏注、宋・邢昺疏：《論語注疏》十三經注疏本（北京：北京大學出版社，1999 年 12 月），頁 259。

〔註28〕　相關的論點例如《論語・泰伯》：「篤信好學，守死善道。危邦不入，亂邦不居。天下有道則見，無道則隱。邦有道，貧且賤焉，恥也。邦無道，富且貴焉，恥也」，同注 27，頁 104～105；《論語・衛靈公》：「君子謀道不謀食。耕也，餒在其中矣。學也，祿在其中矣。君子憂道不憂貧」，參見同注 27，頁 216。

〔註29〕　文崇一〈從價值取向談中國國民性〉：「這個金字塔的軸心線是由天子與官僚系所組成的政治的權威，底層是普通人民，兩邊分別是聖賢與士所組成的社會的權威，及族長、家長所組成的家族的權威，彼此交織成一個嚴密的權威結構」，該文收錄於文崇一著：《中國人的價值觀》（臺北：東大圖書，1993 年 10 月），頁 127～160。

境並非每個人都能適應，在其中如魚得水。因而雖然中國士人常把入仕當成唯一的價值取向，但結果卻常常出現不同的景象，有人飽讀經書，卻無法入仕，一生與政治絕緣；有人爲保持一己之尊嚴，不肯爲五斗米折腰，甘願放棄官職，歸田隱居；有人時仕時隱，有時出仕，有時又罷官閒居；更有人在政治場中受到迫害，遭受貶謫一途，流放至偏遠地帶。不同遭遇的文人，安置自身也有不同的方式。但正因爲經歷過政治的詭譎，因而遠離政治環境後，往往向內心探求一己之平靜，以詩歌創作抒發個人的情性及志向，其詩風也逐漸追求閒靜平淡的風格。上述所言皆立基於遠離政治核心地帶，至於官場中的文人，私底下的個人空間如何運用及安排，暫時脫離政治環境呈現的樣貌又是如何，則有待進一步討論。這議題將留待第二章以實際的詩人爲例，再予以說明追求閒適空間的可能性。在此，先將傳統對於「閒」與「適」的論述，作一番探索工作，釐清傳統文化下對「閒」與「適」的起源與發展。筆者在此將「閒」與「適」分開論述的原因在於，一開始這兩個字就分別代表不同的詞語意涵，直到中唐白居易才將兩字合爲一個新的詞語——「閒適」。因而討論閒適的源頭時，必須先將兩詞的意涵弄清楚，探究兩詞出現的時機與意義。

首先「閒」字在《說文》中的說明是：「閒，隙也。从門月。會意也。門開而月入，門有縫而月光可入，皆其意也」﹝註30﹞，原始本義強調物體本身的隙縫，漸漸地被引申爲有空閒之義，因而「休閒」、「閒暇」等相關的詞彙也隨之產生﹝註31﹞。在中國漢文字中，「閒」字與「鬧」字相對，「鬧」字中間是個「市」字，心裡如一片市塵嘈

﹝註30﹞ 漢・許慎撰、清・段玉裁注：《說文解字注》（臺北：天工書局，1998年8月），頁589。

﹝註31﹞ 鄧振源將閒本身視爲一種自我管理的方式，可用管理基本概念的5W1H加以分類，即區分爲人的閒（who）、事的閒（what）、時的閒（when）、地的閒（where），以及如何閒（how），並以圖示的方式列出與閒相關的詞彙，如「閒意」、「清閒」、「閒人」等諸多語彙。詳見鄧振源：〈論閒〉，《華梵學報》第九卷，2003年6月，頁228。

雜喧叫，如何能感應自然之美？「閒」字中間是一個「月」字，心中如一幅月光，空明如鏡，纖塵不染。〔註32〕漸漸地，「閒」字已脫離隙縫的原義，進入心靈世界，強調內心世界的空明與澄靜。

在道家的言論當中，出現對「閒」字的論述，如《莊子·刻意》：「就藪澤，處閒曠，釣魚閒處，無為而已矣；此江海之士，避世之人，閒暇者之所好也」〔註33〕，莊子在〈刻意〉篇中言及人世間五種人格型態，其中隱逸山澤，過著閒居江海的生活，這就是閒暇幽隱者。這一類的人對人生採取避世而處無為的途徑，在隱居山林中體會人生的閒趣。〈刻意〉篇所言的是隱居閒處的生活樣貌，是將此身投入大自然的懷抱，甚至與人世隔絕，達到身閒的境界，以此隔絕塵囂，進而能擁有恬淡悠閒的心靈世界。藉由生活空間的轉移方式以此達到悠閒的境界。但如果身閒心不閒，也無法真正達到閒適的境界。因而，最根本的辦法還在於設法透過適當的修養方法，使主體內心達到一種澹然虛曠的境界。唯有保持一顆虛明的心，才能以一種客觀的態度面對周遭生活環境，從中培養出一份藝術美感。這種心靈「虛靜」之說，最早提出者應是老子，莊子加以發揚〔註34〕。老子提出的「滌除玄覽」〔註35〕，便是「虛靜」的源頭。老子以此要求修道之士必須要能清「心」無「欲」，排除主觀雜念與慾望，才能取得內心的虛靜。

這種澹然虛曠境界也是莊子大為提倡的，〈天道〉篇言：「聖人之心靜乎！天地之鑑也，萬物之鏡也。夫虛靜恬淡寂漠無為者，天地之

〔註32〕 參見胡曉明：《萬川之月——中國山水詩的心靈境界》（北京：三聯書店，1996 年 3 月），頁 53。

〔註33〕 參見《莊子·刻意》，見郭慶藩輯：《莊子集釋》（臺北：華正書局，1997 年 11 月），頁 535。

〔註34〕 關於這方面的論述，例如童慶炳曾言：「老子、管子學派等提出的各種虛靜說都只侷限於認識論領域，與美學無關，真正把虛靜說作為一種審美理論提出來並產生重大影響的是莊子」，詳見童慶炳：《中國古代心理詩學與美學》（北京：中華書局，1997 年 10 月），頁 38。

〔註35〕 老子：「滌除玄覽，能無疵乎」，參見王淮注釋：《老子探義》（臺北：商務印書館，1998 年 6 月），頁 42。

平而道德之至，故帝王聖人休焉」〔註36〕，莊子認爲虛靜、恬淡、寂漠和無爲，乃是天地的本原和道德的極致。若專就「虛靜」而言，莊子認爲：「虛則靜，靜則動，動則得矣。靜者無爲，無爲也則任事者責矣」〔註37〕，心境空明便清靜，清靜而後活動，活動而無不自得，以此達到自由的境界。這種自由心態體現出的藝術之美，莊子在〈田子方〉中舉一個藝術家故事論述：

> 宋元君將畫圖，眾史皆至，受揖而立；舐筆和墨，在外者半。有一史後至者，儃儃然不趨，受揖不立，因之舍。公使人視之，則解衣般礴贏。君曰：「可矣，是眞畫者也」。
> 〔註38〕

這裡刻畫出的眞畫者，實際上什麼也不畫，但他從解衣裸坐、旁若無人的從容態度，便體現了無拘無束，自由自適的藝術精神。由這種心態出發，才能眞正透視藝術的美，進入藝術核心，不只是停留在藝術的表面呈現。

莊子提出的自由自適心態以及虛靜的心靈，都將自身的內心通往一個寬廣無涯的空間，只要排除一切的外在塵念與慾望，便能從中體會眞正的自由，進而體會出一種藝術的人生。由「閒」的角度出發，培養出一份藝術的觀看角度，這種方法不僅將「閒」抽離政治體制以及一切的外在是非標準，也將「閒」的地位給予一個客觀的審美評價。

莊子以下，在文學理論上對「閒」字有所闡發者，依據筆者的考察是由盛唐跨入中唐時代的皎然，他在《詩式》一書中將詩分爲十九體，用十九字分別做出概括，並於每字下略加說明，例如對「閒」的說明：「情性疏野曰閒」〔註39〕，但皎然對於「疏野」一詞並沒有再加以定義。對「閒」有再加以開發的當屬白居易，他對「閒」的闡發

〔註36〕參見《莊子‧天道》，同注33，頁457。
〔註37〕參見《莊子‧天道》，同注33，頁457
〔註38〕參見《莊子‧田子方》，同注33，頁719。
〔註39〕參見許清雲著：《皎然詩式輯校新編》（臺北：文史哲出版社，1984年3月），頁44。

是與「適」一同論述，也就是他把「閒適」當作一個詞彙，加以義界與探討。到了晚唐時代的司空圖，在《詩品》一書中將「疏野」特分一類討論，認為「疏野」即是：「惟性所宅，真取弗羈。控物自富，與率為期。築室松下，脫帽看詩。但知旦暮，不辨何時。倘然適意，豈必有為。若其天放，如是得之」〔註40〕。到了明代，對「閒」字的開發可說是相當多，論述的層面也比較廣泛，例如明代的謝肇淛已將「閒」指向心境的作用，試看其在《五雜俎》中所言：

　　名利不如閒，世人常語也，然所謂閒者，不徇利，不求名，

　　澹然無營，俯仰自足之謂也。〔註41〕

謝肇淛所謂的「閒」，便是將心中徇利求名的空間挪出，不汲汲追求名利，保持淡泊之心，因而有足夠的時間，在俯仰之間享受自足之樂。因而，「閒」代表一種心境，擺脫外在名利的追求，將主體推向自足的境界。

　　另外，「閒」並不是無所事事，遊手好閒之義，正如明代學者張潮《幽夢影》所言：「人莫樂於閒，非無所事事之謂也。閒則能讀書，閒則能遊名勝，閒則能交益友，閒則能飲酒，閒則能著書。天下之樂，孰大於是」〔註42〕，人若處於閒的狀態下，並非無事可忙，而是能以一種悠閒的心態，進行讀書、遊名勝、交友等樂事。

　　「閒」看似一個簡單的觀念，但真正要實行起來，卻有一些困難性，現代人往往在忙碌的生活當中，找不出空閒的時間，或者根本無法體會「閒」的意境。不僅忙碌的現代人有此困擾，早在宋代趙希鵠於〈洞天清祿集序〉中便言，能知曉且能享受「閒」者，實在是少之又少阿：

　　人生一世間，如白駒過隙，而風雨憂愁，輒居三分之二，

〔註40〕參見唐・司空圖撰、清・袁枚撰：《詩品集解・續詩品注》（臺北：河洛圖書出版社，1974 年 9 月），頁 28。
〔註41〕明・謝肇淛：《五雜俎》（臺北：偉文圖書出版社，1977 年 4 月），卷十三，〈事部一〉，頁 331。
〔註42〕張潮：《幽夢影》（臺北：文津出版社，1985 年 12 月），頁 39。

其間得閒者，纔一分耳。況知之而能享用者，又百之一二。
〔註43〕

趙希鵠在此說明：人生短暫，有如白駒過隙，而人生的苦難憂愁，便占去三分之二的時間。其間能獲得「閒」的比例，大概只有十分之一；而能夠把握「閒」並且加以享受者，恐怕只佔百分之一二。可見，一般人即使有閒，卻也很難在日常生活中具體得到「閒」的樂趣。

　　針對此現象，近代學者羅中峯提出一套想法，認爲「積極入世者，須能忙裡偷閒，方能品味生活情趣以爲公餘燕居的休閒消遣，藉以調劑精神，暫忘案牘勞形之苦；而隱逸出世者，則須超越謀生困境，俾於閒適安樂的日常生活中，追求精神自由的人生目標」〔註44〕，雖然不同處境的人，獲得閒適的途徑不同，但就理想的情況而言，「閒」必須蘊涵「身閒」與「心閒」兩種面向，唯有身心俱閒，才能眞正體會閒的意趣。

　　至於「適」字的本義，在《說文》中爲：「適，之也」〔註45〕，是指一種前往某地的動作，與主體的內心並無關連。在思想史的文獻資料中，「適」字的運用和境界最受重視的恐怕要數《莊子》。〔註46〕莊子曾在〈大宗師〉與〈駢拇〉篇中言「自適其適」的境界，以此說明自我人格與精神的自由：

　　若狐不偕、務光、伯夷、叔齊、箕子、胥餘、紀他、申徒狄，是役人之役，適人之適，而不自適其適者也。〔註47〕
　　夫不自見而見彼，不自得而得彼者，是得人之得而不自得其得者也，適人之適而不自適其適者也。夫適人之適而不

〔註43〕趙希鵠：《洞天清祿集》叢書集成初編（北京：中華書局，1985年），頁1。
〔註44〕羅中峯：《中國傳統文人審美生活方式之研究》（臺北：洪葉文化事業，2001年2月），頁114。
〔註45〕同註30，頁71。
〔註46〕參見日·松浦友久著、李寧琪譯：〈論白居易詩中「適」的意義〉一文，頁41。
〔註47〕參見《莊子·大宗師》，同註33，頁232。

自適其適，雖盜跖與伯夷，是同爲淫僻也。〔註48〕

莊子以孤不偕、務光、伯夷、叔齊等輩爲例，說明他們是「適人之適」的一群，最明顯的行爲便是以既定的外在道德標準要求自己，讓個體自由受限於社會的價值規範，從而失其本眞。而所謂的「自適其適」便是不以他人之適爲適，不以他人之意爲意，比起「適人之適」，「自適其適」可說屬於更高的境界，強調自我人格的獨立與心靈自由的解放，這種人生境界是開闊，不受任何外在標準拘束。在這裡，莊子已將「適」字推向主體心靈自由的建構。

至於莊子以下，對「適」字的闡述，日本學者松浦友久曾提出這麼一段話：「在《呂氏春秋》中對於『適』字有了較多的闡發，它對『適』的關注主要是就其與音樂的關係進行了系統的論述；一直到了魏晉南北朝時期，作爲人生價值意義的「適」字，仍未有明顯地被重視，直到唐代才起了變化，唐代的詩人以杜甫和白居易最喜愛引用『適』字，柳宗元對『適』字的運用也值得注意」〔註49〕，松浦友久在此將白居易的關鍵性地位標舉出來，但對於魏晉南北朝時期的論述，筆者則認爲尚有討論的空間。魏晉南北朝時期，將《莊子》一書列爲三玄之一，也是當時士人閱讀的重要典籍之一，許多玄學家開始對《莊子》一書進行注疏工作，透過《莊子集釋》一書的彙整，可以明瞭當時玄學家對莊子義理的闡發。

在《莊子》一書中的〈逍遙遊〉、〈齊物論〉以及〈養生主〉篇章中，均可見魏晉南北朝玄學家對於「適」字的探討，例如〈逍遙遊〉的題目下，除了有郭象的注〔註50〕，還包含支遁在《逍遙論》的「逍遙」之義：「夫逍遙者，明至人之心也……至人乘天正而高興，遊無

〔註48〕參見《莊子·胠篋》，同注33，頁327。

〔註49〕參見日·松浦友久著、李寧琪譯：〈論白居易詩中「適」的意義〉一文，頁42～43。

〔註50〕郭象云：「夫小大雖殊，而放於自得之場，則物任其性，事稱其能，各當其分，逍遙一也，豈容勝負於其間哉」，參見郭慶藩輯：《莊子集釋》一書，同注33，頁1。

窮於放浪。物物不物於物，則遙然不我得；玄感不為，不疾而速，則遙然靡不適」〔註51〕。支遁的「物物不物於物」，即認為外物之所以存在，緣起性空，沒有本質性的存在，一切都是虛幻的；並以此釋逍遙之義。又如〈逍遙遊〉中的「大浸稽天而不溺，大旱金石流土山焦而不熱」一句，郭象注云：「無往而不安，則所在皆適。死生無變於己，況溺熱之間哉！故至人之不嬰乎禍難，非避之也，推理直前而自然與吉會」〔註52〕，以「無往而不安」釋至人行為處事之「適」。可知，魏晉南北朝時代的玄學家對《莊子》一書的「適」字有了更進一步的闡發。至於松浦友久提出三位唐代詩人對「適」字的運用情形，筆者在底下二、三章的閒適詩中將會有更詳細的探討。

由上可知，「閒」與「適」原本具有不同的指涉意涵，但隨著時代的演變，「閒」與「適」逐漸指向個人主體的內心境界，追求自在閒逸的情趣。先秦諸子中，尤以道家闡發閒與適的面向最多，莊子從「閒」中開展出的藝術品味觀，以及追求自適自在的心靈狀態，對後代的閒適詩作者而言，都有著相當大的啟發意味。至明代，「閒」的觀念大量被開發，「閒賞」、「閒靜」、「休閒」等詞彙在明代研究中不斷被運用〔註53〕，在文本中「閒」的概念也一直被闡發。但早在中唐白居易身上，就已提出「閒適」的概念，並且把「閒適」納入儒家的「獨善」中，創作一系列的詩作加以印證，再進一步探尋，還可以發現中唐之前書寫閒適情調的詩人也不少，只是不以閒適名之。因而，探索中國閒適詩的源頭，便成了論文的主要論題之一，再以白居易的閒適詩為論述核心主軸，探討白居易閒適詩在中國詩歌發展史上的地位。

〔註51〕參見郭慶藩輯：《莊子集釋》一書，同注33，頁1。
〔註52〕參見郭慶藩輯：《莊子集釋》一書，同注33，頁32。
〔註53〕相關的論述如下：毛文芳《晚明閒賞美學》（臺北：學生書局，2000年4月）、吳智和：〈明人習靜休閒生活〉，《華岡文科學報》25期，2002年3月、吳智和：〈明人山水休閒生活〉，《漢學研究》，20卷1期，2002年6月。

第二章 「閒適」意識的形成與閒適詩類溯源

　　「閒」與「適」本有不同的指涉意涵，到了中唐白居易，第一次將兩字結合，成爲「閒適」一詞，在白居易詩中，具有明確的指涉意涵與對象。即使如此，仍無法稱白居易爲第一位創作閒適詩的詩人，因爲早在魏晉南北朝時期，就有詩人創作這方面的詩歌，只是白居易之前的閒適詩不稱爲閒適詩，閒適的精神散佈在其他詩類。某一類文學作品初期，大多經歷一段不被注意的時期，及至作品累積一定數量，內容與藝術有了高度成就，才會有人察覺，加以類名，辨別其特質，以期與其他詩類區別，中國文學史上的「閒適詩」便是如此。大抵人都有屛居退處的時刻，此時詩人縱筆書寫，「閒適」便在無形中注入詩人的作品，詩人也就不自覺地創作，寫出具有閒適情調的詩歌。這種不自覺的創作動機，如何從中追尋閒適詩類的根源及發展，便是筆者在此章所欲探討的議題。

　　「閒適」一詞往往指涉詩人在閒暇狀態中體現出的自適之心。雖然這種詩作屢屢出現，但有時卻不以「閒適」名之。〔註1〕除了白居

〔註 1〕這也是爲什麼筆者在此章要爬梳閒適詩源頭的理由，白居易之前的
　　　　文學作品，即使具有閒適情調的作品，也不以閒適稱之。這議題關
　　　　於詩歌的部分，將在正文中詳細討論。另一方面，就廣義的詩歌而

易明確提出「閒適」的看法，一直到了元代的方回（字萬里，號虛谷，
1227～1307）編選《瀛奎律髓》，特立「閒適類」，才又對詩歌的「閒
適」有比較全面的探討。因此筆者擬通過方回對閒適的定義及選取的
詩人群，辨析「閒適」的義界與取材範圍，作為底下探討的範圍準則。
確定研究對象後，再以主題的方式探究詩人的創作思維進路，一則依
循詩人的時代先後；一則突出詩人創作閒適詩的類型與心態，以期對
白居易之前的閒適詩有更進一步的掌握。主要分析詩人創作的思維進
路有三：安於當下的自足生活、浪遊四方的當下之適、公餘之暇的自
適之道，最後總結「閒適」意識產生的背景及個人因素，以及閒適詩
開展的主要書寫取向。經過這番釐析，底下一章探討白居易的閒適詩
時，將更能清楚瞭解白居易閒適詩如何承襲前人的觀念，如何從中開
展屬於個人獨特風貌的閒適詩作品。

第一節　「閒適詩」的義界與文本抉擇指標

中國詩歌的分類有許多種方式，大抵不離以「內容」或「形式」
作區分。不論以內容或形式來分類詩歌，每一種詩類的形成大都經過
醞釀、發展，乃至於定型期。閒適詩，顧名思義是在閒暇而不匆迫，
安適而不蹇促的平和狀態下，所完成的詩歌作品。凡人莫不有屏居退
守的時刻，詩人縱筆消閒，寫出了閒適的篇章，這似乎是順理成章的
結果。〔註2〕看似順理成章的結果，事實上閒適的篇章果真是源源不
絕出現在中國詩歌當中嗎？這個問題意識的提出，有助於瞭解閒適詩
類發展的脈絡。「閒」是「適」的首要及必要條件，應釐清在何種文

言，賦體也算是詩歌的一類，而且筆者也在賦的文體當中，觀察出
類似的現象，《歷代賦彙》一書的外集二十卷中有「曠達」一類，其
中便蘊含不少閒適情調的作品，如晉·陸雲：〈逸民賦〉、唐·吳筠：
〈逸人賦〉、唐·皇甫松：〈大隱賦〉，詳見清·陳元龍等輯：《御定
歷代賦彙》（臺北：商務印書館，1979年）。
〔註 2〕歐麗娟：〈李、杜「閒適詩」比較論〉，《國立編譯館館刊》27 卷 2 期，
1998 年 12 月，頁 37。

化氛圍下，詩人容易創作具有閒適意味的詩作。當然，閒適詩類的發展初期並不可能有固定的概念意涵，因而在追溯閒適詩類的源起時，必然會對閒適一詞的意涵有所增廣。因此，先要確立一套考察依據，再找尋出可觀察的對象進行分析。

白居易於〈與元九書〉中言：「或退公獨處，或移病閒居，知足保和，吟玩情性者一百首，謂之閒適詩」（頁964），恰好作爲定義閒適詩的基礎。詩人創作詩歌的目的主要在抒發自我的心境或情性，常在一種「無所爲而爲」的情況下書寫。白居易完成閒適詩的提出與定名，稱他爲自覺性的詩人當不爲過。

白居易之後，姚合在《少堅集》中有一類爲閒適詩〔註3〕，惟並未對閒適詩加以說明。到了元代方回，在《瀛奎律髓》一書特列「閒適詩」類，收錄的閒適詩，五言計有一百零八首；七言計有五十一首。詩作前有題序，論述編類旨趣。但由於《瀛奎律髓》是唐宋詩選本，選錄的詩人止於唐宋兩代，對於唐以前閒適詩的發展仍是一片空白，有待填補。後代學者楊承祖於〈閒適詩初論〉〔註4〕一文已嘗試爲白居易之前的閒適詩作立論工作，其看法相當具有參考價值。因此，筆者在此章採取的研究方法爲：先確立閒適詩的定義範圍，再以此爲基礎，作爲揀擇詩人及其詩作的標準。

一、閒適詩的義界——理論依據的後設研究

白居易〈與元九書〉爲閒適詩所下的定義，涉及到幾個論點，首先說明：詩人在私領域當中創作閒適詩，「獨處」或「閒居」是最佳

〔註3〕姚合《姚少堅詩集》中的第五卷爲閒適詩，共五十一首，包含閒居遣懷十首、武功縣中三十首、罷武功縣二首、秋日閒居二首、晚夏閒居、閒居、街西居三首、閒居遣興、閒居。參見唐·姚合撰：《姚少監詩集》上海商務印書館縮印明鈔本（臺北：商務印書館，1967年）。

〔註4〕楊承祖：〈閒適詩初論〉，收入臺靜農先生八十壽慶論文集編輯委員會編撰：《臺靜農先生八十壽慶論文集》（臺北：聯經出版社，1981年11月）。

詮釋，但以擁有官職爲前提；其次言創作閒適詩的心境爲「知足保和」；最後論及創作閒適詩主要目的在於吟玩自己的情性，抒發內在的本眞。相隔約五百年後的方回，再次提出「閒適詩」。閒適類下以題序的方式，說明其揀選作品的理論依據：

> 韓昌黎〈送李愿歸磐古序〉，下一段所謂窮居而閒處，升高而望遠，坐茂樹以終日，濯清泉以自潔，采於山，美可茹，釣於水，鮮可食，黜陟不聞，理亂不知，起居無時，惟適之安，此能極言閒適之味矣。詩家之所必有而不容無者也，凡山遊郊行，原居野處，幽寂隱逸之趣於此，所選詩備見之。如姚合《少堅集》有閒適一類，〈武功縣中作三十首〉者，乃是仕宦而閒適，已選置「宦情類」中。先欲分郊野閒適爲二類，要之，閒適者流，多在郊野。身在城府朝市，而有閒適之心，則所謂大隱，君子亦世之所希有者也，亦不無一二，附諸其中焉。〔註5〕

值得注意的是，方回的閒適類由韓愈〈送李愿歸盤谷序〉切入，而不是白居易的〈與元九書〉，其關鍵點在於「郊野閒適」，而把「仕宦而閒適」列入「宦情類」，只把少數的大隱之作納入閒適類。可見方回的閒適類是以在野閒適爲主流，與白居易的公餘閒暇有所不同。韓愈〈送李愿歸盤谷序〉一文，首先點出盤谷之地的特色：「盤谷之閒泉甘而土肥，草木聚茂，居民鮮少」、「宅幽而勢阻，隱者之所盤旋」。繼之以李愿之語開展隱居的閒適樂趣，歸隱於幽閉之處，時而閒坐，時而玩清泉，有鮮美的野菜野果可吃，亦有鮮魚可食，作息沒有一定的時間約束，只求身安體適。這樣的生活型態，方回認爲可以極盡闡發「閒適」之味。可知方回認定的閒適，指涉的範圍不離山遊郊行、原居野處、幽寂隱逸之趣。雖然方回已經瞭解姚合《少堅集》中有一類爲閒適詩，但他仍將姚合閒適類中〈武功縣中作三十首〉特分出來，並主張仕宦的閒適之趣，應該劃分在宦情類。總之，方回主張閒適者流，大多身

〔註 5〕元・方回編：《瀛奎律髓》（臺北：商務印書館，1978 年）卷二十三「閒適類」，頁 1。

在山林郊野，若身處城府朝市，而有閒適之心，則謂之「大隱」。

由上述的題旨可瞭解，方回對「宦情類」與「閒適類」的區分，是以身份爲依據，試看方回對「宦情類」詩歌的定義：

> 出將入相，行道得時，仕也；乘田委吏，州縣徒勞，亦仕也。今所選詩不於其達與不達之異。其位高，取其憂畏明哲而知義焉；其位卑，取其情之不得已而知分焉，驕富貴、歎貧賤者咸黜之，是可以見選詩之意矣。〔註6〕

不論「出將入相，行道得時」或「乘田委吏，州縣徒勞」者，基本上，方回皆視爲「仕」的階層。「宦情類」詩作揀擇標準不在詩人的「達與不達之異」，主要在彰顯詩人仕宦時安分的心境：「其位高，取其憂畏明哲而知義焉；其位卑，取其情之不得已而知分焉」，位階高者，取其明哲保身之道；位階低者，取其知分之理。至於恃富貴而驕，因貧賤而悲歎者，一律不取。對於「閒適類」則主要探討隱士的遊山、隱逸之趣。總之，「閒適類」主要在歌詠隱士的閒適之味；至於爲官的閒適之樂，只能算在「宦情類」。

白居易對詩歌分類主要著眼內容的不同，「諷諭詩」、「閒適詩」、「感傷詩」各具有不同意義的指涉，至於其他無法分類者，則置於「雜律詩」。相對於白居易，方回對詩歌的分類則不全然取決於內容，而以詩人身份爲分界。就表層意義言之，方回轉化白居易閒適類的範圍，將白居易所言的「閒適」類，分在「宦情」類，因爲白居易在元和十年（815）爲自己的閒適詩提出理論根據，基本上都根基於政府官職的身份，體現爲官閒暇的樂趣，在方回的認定中只能算是「宦情類」。但若將白居易元和十年前的閒適詩作一番繫年，便可發現：閒適詩並不完全創作在爲官之際，守喪下邽期間（811～814），脫去官職身份也創作出不少的作品〔註7〕。若就這層意義言之，方回分化白居易閒

〔註6〕同注5，卷六「宦情類」，頁1。

〔註7〕關於這點可詳見附錄二的表格，至於白居易對閒適詩提出的理論與實際作品間的落差，這一議題，筆者在第三章及第四章將會有詳細的探討，在此先不討論。

適類的範圍，將白居易所言的「閒適」類，分爲「宦情」類與「閒適」類，前者代表爲官的閒適，後者代表隱士的閒適。因身份的不同，體會的閒適之情也有所差異。就深層意義言之，方回所言的閒適精神，深化了白居易所言「知足保和，吟玩情性」的特質。就「宦情類」的閒適精神而言，「知足保和」的體現，主要來自居高位者憂畏的心境，或得自居位卑者不得已的情性寫照。若就「閒適類」的閒適精神而言，「知足保和」的呈現主要源於人與自然的和諧，取用自然，外在的幽寂閒境造就心靈的閒適。

　　綜合白居易及方回對閒適詩類的看法，可知：不論處於京官、地方官或者退處於山林之中，若能有知分保和的心態，皆可創作出閒適意味的詩作。閒適詩的界定也不脫此範圍，因而將以這套理論依據檢視歷代創作閒適詩的作者。由於白居易之前並無「閒適」類詩作的區分，因而考察白居易之前的閒適詩人，其詩作必定分散在各種類型當中，筆者考察閒適詩作者時，並不限定在某一詩類，而是以詩人的閒適精神取向爲主。

二、閒適詩類的文本抉擇指標

　　楊承祖曾針對中唐白居易以前的閒適詩作考察工作，認爲詩經時代尚無所謂的閒適詩，「古詩」是漢代發展成熟的詩體，多寄人生無常，世路轗軻的慨傷，而未見閒適自得的情致。兩晉的玄理詩暢行，應該有利於閒適思想與閒適生活的發展，但初期的玄理詩人或遊仙詩人，雖脫言出世高舉，其實不免人間的憂惕與感嘆，倒是等到山水詩與田園詩興起，閒適詩才同時出現。〔註8〕從中國文學的源頭《詩經》考察起，發覺中國詩歌的主調在人生無常的慨嘆及感世不遇的哀嘆，閒適自得的情韻找不到發展空間。直到山水詩及田園詩的興起，詩人也才從這園地中發掘閒適的旨趣。中國詩歌類型中的山水詩、田園詩，

〔註8〕關於楊承祖的意見，筆者參照楊承祖〈閒適詩初論〉一文，同注4，
　　　頁539～540。

與大自然關係較為接近，詩人忘懷於山水田園之間，也較容易有閒適情調的產生，這概念也近似方回所提出閒適類的閒適精神：人與自然的和諧。因而山水、田園詩的考察工作，是筆者先欲確立的。

　　論及山水、田園詩的興起，不可忽略的是魏晉思想中「玄學」的影響力，不僅影響士人的思想生活層面，對文學也產生一定的主宰力。關於玄學在兩晉的發展情況及特色，劉勰在《文心雕龍・時序》言：

> 自中朝貴玄，江左稱盛，因談餘氣，流成文體。是以世極迍邅，而辭意夷泰，詩必柱下之旨歸，賦乃漆園之義疏。
> 〔註9〕

首先指出玄學興於西晉，到東晉更盛。東晉文體受清談餘氣的影響，其結果是：無論詩賦，內容皆以老莊思想為貫串、旨歸。由於東晉士人面臨國家殘破，兩都毀棄，異族入主中原等諸多痛苦與失落，玄學崇尚虛無的特徵，正提供他們尋求精神解脫的良方。因此，形成「世極迍邅，而辭意夷泰」的創作風氣。世局困難，創作風氣卻傾向於寬舒安暇。

　　即使辭意「夷泰」，但受限於整個時代環境的轉變，文壇的創作風氣不免染上一層憂愓之心，此時寬舒安暇心境還稱不上真正的閒適心境。總而言之，「江左篇製，溺乎玄風，嗤笑徇務之志，崇盛忘機之談……所以景純仙篇，挺拔而為俊矣。宋初文詠，體有因革，莊老告退，而山水方滋」〔註10〕，道出郭璞（字景純，276～324）遊仙詩的時代意義及山水詩的興起因緣。遊仙詩到了郭璞，可說發展到了極致。由於天命不可掌握及現世的壓迫，遊仙思想早已成為文人案頭文章的題材之一。早期的遊仙詩人為忘懷苦悶、逃避現實，透過仙境的描繪、仙語的述說，以此架構逍遙的仙境，達到自我安慰的目的，但從遊仙

〔註9〕梁・劉勰著；周振甫注：《文心雕龍注釋》（北京：人民文學出版社，2002 年 7 月），頁 479。
〔註10〕見劉勰：《文心雕龍・明詩》，同註9，頁 49。

詩的數量及創作態度上言，都不如郭璞來得認眞且熱切。〔註11〕

　　遊仙詩至郭璞達於極致後，便呈現衰頹現象，從遊仙詩依傍山水的特質逐漸發展成的詩體，便是山水詩。山水詩成就最高者當屬謝靈運（385～433）。今存的一百多首詩中，其中近半數都有對山水進行描摩刻畫。謝靈運雖出身貴族，但個性狂放偏激，政治生涯時仕時隱，終身苦悶，在四十九歲時遭極刑棄市，他的山水詩可說是作爲憤懣發洩之途徑。「謝公才廓落，與世不相遇；壯志鬱不用，須有有洩處。洩爲山水詩，逸韻諧奇趣」〔註12〕，正道出謝靈運的山水詩是仕途迍邅的產物。以郭璞爲代表的遊仙詩與謝靈運爲代表的山水詩，雖都提及山水風物，但兩者側重的層面有所不同，「謝靈運的詩乃以山水賞美爲主，莊老思想則退居次位；這情形恰與郭璞之詩以遊仙爲主，山水爲次是相反的」〔註13〕。至謝靈運時，山水終於回復原本的面貌，取得其獨立的地位，不必再依托於仙界之中。

　　相對於玄言詩或遊仙詩，謝靈運的山水詩可說是不再言虛無縹緲的仙道之說，改以記實筆法紀錄親身體驗，呈現在讀者面前的是一個廣大的山水天地。謝靈運所見的山水之景，通常率領著數百人攀越崇山峻嶺後所見之景〔註14〕。雖然是鬱悶之情驅使他奔向山水的懷抱，但已可

〔註11〕　參考林文月的說法：「本來逍遙仙界、耽溺黃老的意旨在於逃避現實，忘懷苦悶，所以遊仙詩人多數刻意鋪張渲染仙界逍遙之快樂，從而達到自我安慰之目的。曹植、嵇康，甚至於屈原，雖也寫仙境、述仙語，然而與郭璞相比，他們或憤世嫉俗，或託辭述懷，都不如他的認眞，傾心於自己的『幻設』，故稱郭璞爲遊仙詩人之宗，當不成問題」，見林文月：〈由遊仙詩到山水詩〉，收入《山水與古典》一書（臺北：三民書局，1996 年 6 月），頁 10～11。

〔註12〕　唐・白居易著、顧學頡校點：《白居易集》（北京：中華書局，1999 年 11 月），頁 131。

〔註13〕　同注11，頁 22。

〔註14〕　《宋書・謝靈運傳》：「靈運因父祖之資，生業甚厚。奴僮既眾，義故門生數百，鑿山浚湖，功役無已。尋山陟嶺，必造幽峻，巖嶂千里，莫不備盡。登躡常著木屐，上山則去前齒，下山去其後齒。嘗自始寧南山伐木開逕，直至臨海，從者數百人」，參見梁・沈約撰：《新校本宋書》（臺北：鼎文書局，1975 年），頁 1775。

見到稍有閒適情調的詩作產生〔註15〕，「清輝能娛人，游子憺忘歸」、「披拂趨南逕，愉悅偃東扉」、「臥疾豐暇豫，翰墨時間作。懷抱觀古今，寢食展戲謔」等稍有暇豫閒適之境界，僅見於幾首詩中。其基本風格還是趨向兩方面，一是摹山範水式的書寫山水，二是因景興情，正如白居易所言：「大必籠天海，細不遺草樹。豈唯玩景物？亦欲攄心素」〔註16〕，山水之作的特徵除了描述細微外，仍欲抒發心中的情緒。鬱悶不得世的苦悶心態，驅使謝靈運的山水詩中鮮少呈現閒適境界。

　　較謝靈運稍早的陶淵明（字元亮，365～427），其後半生隱居田園之中，但仍持續創作詩歌，詩中歌頌農村生活，把自己和鄰居老翁和樂、自由的生活，以親切平和的口吻記實下來。前人稱他為田園詩人，若從詩歌發展史的角度觀察，陶淵明確實開拓了田園詩的境界。其田園詩除了描寫農村的景色及生活外，更重要者在於描寫詩人親身躬耕的經驗及體會，與以往的田園詩有所不同〔註17〕。因其本真個性，嚮往千載以上的社會〔註18〕，不滿意當今社會局勢，經歷幾次當官經

〔註15〕楊承祖認為在謝集中，已能發現兩首稍具閒適境趣的作品，是〈石壁精舍還湖中作〉、〈齋中讀書〉二首，同注4，頁541。

〔註16〕同注12。

〔註17〕《詩經》時代即有描寫農村社會的詩作，但王國瓔認為：「這些只能算是農事詩，是農村集體生活，群體活動的紀錄，並非描述個人身居田園農村生活的體驗，亦非一己情懷的抒發」，參見王國瓔：《古今隱逸詩人之宗──陶淵明探析》（臺北：允晨出版社，1999年9月），頁14。李清筠也認為：「大家都稱陶淵明為田園詩人，之所以有此稱號，主要不是因他長居田園，而是因他的勞務參與。因為親身的投入，他才能深切明瞭耕作中的苦樂，也才能藉由與土地、與作物的長期接觸，涵養他特殊的人格」，參見李清筠：《時空情境中的自我影像──以阮籍・陸機・陶淵明詩為例》（臺北：文津出版社，2000年10月），頁129。

〔註18〕〈贈羊長史〉：「愚生三季後，慨然念黃虞。得知千載外，正賴古人書」，參見逯欽立校注：《陶淵明集》（臺北：里仁書局，1985年4月），頁64。「三季後」指的就是三代之末，也就是自春秋戰國以來的社會。因不滿意現狀，而常懷念黃帝、虞舜時期，他努力透過古代文獻來瞭解千載以上的理想社會。逯欽立一書陶淵明集主要引用文本，底下再出現此書時，僅在引文後加注頁數，不再贅注。

驗後，決定選擇「守拙歸園田」〔註19〕，躬耕自給，過著歸隱生活。「田園詩」狹義的概念實際上是指嘔吟農村寧靜悠閒生活的牧歌〔註20〕，陶淵明正開創這一類詩歌，再加上詩人往往能以自然簡淨的語言，親切平實的口吻，娓娓道出日常生活的所見所感，也使得詩作充滿恬淡平和之氣。

陶淵明晚年之作〔註21〕〈五柳先生傳〉云：「常著文章自娛，頗示己志。忘懷得失，以此自終……酣觴賦詩，以樂其志」（頁 175），五柳先生其實是作者的自況，棄官歸田後，著文、賦詩，以「樂其志」、「忘懷得失」。「自娛」表明詩文創作無關乎社會，是詩人的創作目的也是創作動力。歸隱的生活加上自娛的創作動力，使得陶淵明能在一片紛擾的社會局勢下，得出閒適的境界。

陶淵明與謝靈運之後，創作的詩歌風格與自然閒適較相關者，即是陶弘景（456～536）。陶弘景為南朝梁道教思想家、醫學家、文學家。字號華陽隱居，隱於茅山之中，但並未棄絕人事，梁武帝每有大事，輒加諮詢，時稱「山中宰相」〔註22〕。〈詔問山中何所有賦詩以答〉一詩中云：「山中何所有，嶺上多白雲。只可自怡悅，不堪持寄君」〔註23〕，

〔註19〕〈歸園田居五首〉其一，同注18，頁 40。

〔註20〕參見葛曉音：《山水田園詩派研究》（瀋陽：遼寧大學出版社，1993年1月），頁 71。

〔註21〕關於陶淵明〈五柳先生傳〉一文的寫作時間，歷來有許多看法，例如逯欽立在〈陶淵明事跡詩文繫年〉認為此傳作於宋武帝永初元年（420），陶公五十六歲前後；齊益壽《陶淵明的政治立場與政治理想》謂：「宋書陶潛傳以五柳先生傳印證淵明『少有高趣』，而其敘述又在『起為州祭酒』前，足見宋書以此傳為淵明少作」，楊勇《陶淵明年譜彙訂》中也認為此傳為陶公少年之作。可詳見方介〈陶淵明五柳先生傳疏證〉，《漢學研究》5 卷 2 期，1987 年 12 月，頁 530～531。在此筆者採用逯欽立的意見，可參見逯欽立：《陶淵明集》（臺北：里仁書局，1985 年 4 月），頁 227。

〔註22〕《南史‧隱逸傳》：「國家每有吉凶征討大事，無不前以諮詢。月中常有數信，時人謂為山中宰相」，參見唐‧李延壽撰：《新校本南史附索引》（臺北：鼎文書局，1985 年 3 月），頁 1899。

〔註23〕參見逯欽立輯校：《先秦漢魏南北朝詩》（臺北：木鐸出版社，1988年 7 月），頁 1814。

將隱居的生活形容地相當閒適。雖不具閒適詩大家的風範，但已體現隱居山中的閒適樂趣。

至於唐代詩人，創作具有閒適詩歌者的數量，可由底下三方面進行考察：

第一，從後世對陶淵明的接受角度考察。如白居易在閒適詩中直言欣賞陶淵明高玄以及韋應物清閒的詩風〔註24〕。上述也提及陶淵明是第一位開創中國閒適詩的始祖，之後的詩人各自以自己的角度，不斷豐富和發展陶淵明詩風的內涵，如明人胡應麟曾從「清」的角度指出學陶各家的自身特點：「曲江清而澹，浩然清而曠，常建清而僻，王維清而秀，儲光羲清而適，韋應物清而潤，柳子厚清而峭」〔註25〕，被歸納在這種詩風旗幟下的詩人計有：張九齡、孟浩然、王維、儲光羲、常建、韋應物、柳宗元等人。從詩風之「清」，也點出閒適詩另一特點——清淡的詩風。〔註26〕

第二，針對方回在《瀛奎律髓》「宦情類」、「閒適詩」類列舉出的詩人，如下：

〔註24〕白居易〈題潯陽樓〉：「常愛陶彭澤，文思何高玄。又怪韋江州，詩情亦清閒」，參見12，頁128。
〔註25〕胡應麟《詩藪》外編卷四：「靖節清而遠，康樂清而麗，曲江清而澹，浩然清而曠，常建清而僻，王維清而秀，儲光羲清而適，韋應物清而潤，柳子厚清而峭」，詳見明・胡應麟撰：《詩藪》（臺北：廣文書局，1973年9月），頁544～545。
〔註26〕閒適詩雖具有清淡的特質，但兩者之間仍具有一定的差異，李從軍在《唐代文學演變史》中特立「清澹派」，提出如下的觀點：「在詩國的清澹世界裡，是靜靜的湖水，淡淡的白雲，還有那恬靜的內心世界，一同在大自然中安詳地棲息」、「雅正時代的王績，就是唐代第一個清澹派的詩人」、「清澹派詩歌到了張九齡、孟浩然那裡，才開始以一種流派的面貌獨立於文壇上」、「在詩國清澹世界裡，被喻為詩佛的王維是集大成者」，詳見李從軍：《唐代文學演變史》（北京：人民文學出版社，1993年10月），頁218、220。馬自力對中國詩歌的「清淡」詩風亦有詳細的闡述，可參見馬自力：《清淡的歌吟——中國古代清淡詩風與詩人心態》（江蘇：蘇州大學出版社，1995年6月）。

宦情類	五言	七言
	張九齡、岑參、劉長卿、劉禹錫、張籍、白居易、賈島、姚合、王建、周賀	韋應物、白居易、杜荀鶴

閒適類	五言	七言
	王維、孟浩然、杜甫、劉長卿、韓愈、賈島、白居易、項斯、耿湋、顧非熊、張籍、溫庭筠、秦系、李商隱、崔塗、曹松、方干、姚合、王建、杜荀鶴	杜甫、秦韜玉、伍喬、韓偓、張籍、吳融

由上述二表可得，在白居易之前創作具有閒適情調詩歌者的詩人計有：張九齡、岑參、劉長卿、劉禹錫、張籍、韋應物、王維、孟浩然、杜甫、韓愈、賈島等人（以上諸人的排列，不依時代先後，而是方回在其中提到的順序）。

第三，針對近代學者的相關研究，如楊承祖所言：「在風格體調上近於陶淵明的王、孟、韋、柳，都有可觀的閒適之作」，王維、孟浩然、韋應物與柳宗元的詩歌風格與陶淵明相近，因而也受陶淵明閒適詩風的影響。又如卓清芬在〈韓偓閒適詩初探〉一文中，針對晚唐詩人韓偓的閒適詩進行探討。又如歐麗娟在〈李、杜「閒適詩」比較論〉一文中，探討李白與杜甫閒適詩的差異。

綜合以上三點中共同提及有閒適詩的詩人：孟浩然、李白、王維、杜甫、韋應物、柳宗元，再加上之前提及閒適詩類的始祖──陶淵明，將是本章閒適詩類的取材範圍，但關於以上諸人的閒適詩範疇，各家學者則呈現分歧的意見，筆者將此現象整理如下：

	方回擇選	楊承祖擇選	歐麗娟擇選
陶淵明		時運（一章）（二章）、歸鳥（三章）、和郭主簿二首其一、移居二首其二、癸卯歲始春懷古田舍二首其二、飲酒二十首五、其七、雜詩其四	

孟浩然	歸終南山、過故人莊、東陂遇雨率爾貽謝南池	疾愈過龍泉寺精舍呈易業二上人、裴司功員司士見尋	
王維	終南別業、歸嵩山作、韋給事山居、輞川閒居、淇上即事	輞川閒居贈裴秀才迪、山居秋暝	
李白		月下獨酌四首其三、自遣	題元丹丘穎陽山居、奉餞十七翁二十四翁尋桃花源序、山中問答、自遣、山中與幽人對酌、春日醉起言志、遊南陽白水登石激作、遊南陽清泠泉等其他諸詩
杜甫	正月三日歸溪上有作簡院內諸公、草堂即事、暮春題瀼西新賃草屋、江亭、江村、南鄰、狂夫	水檻遣心二首其一、有客	田舍、江村、江漲、南鄰、客至、遣意二首、漫成二首、春水、水檻遣心二首、獨酌、徐步、江畔獨步尋花七絕句、絕句漫興九首等其他諸詩
韋應物		閒居寄諸弟，行寬禪師院	
柳宗元		覺衰、夏晝偶作	

　　由上表可得知，每位學者對於中國閒適詩的認定範圍有所不同，這也代表「閒適」一詞的涵義迄今仍未能確定，尚有探討的空間。即使到了中唐白居易給予閒適詩類確定的範疇——特指公餘閒適，但元代方回依舊不採用此標準，反將閒適詩的特質定位在「在野閒適」。一般文學史家討論以上諸詩人時，總以田園、山水的角度探析其詩作，因而筆者在此探討的重點不在於展現白居易之前創作具有閒適詩歌的所有詩人數量，而在於探究白居易之前創作具有閒適作品的詩歌為何大都放置在山水、田園詩中。將以陶淵明、孟浩然、王維、李白、杜甫、韋應物、柳宗元為探討對象，其閒適詩作的取捨標準在於：不論處在何種環境，也不論何種身份，都能直指本心，追求當下的閒情與趣味。因而，不論

為官與否，從事的活動為何，只要能在當下體會悠閒的意境，便是筆者擇選閒適詩的指標。以下將針對七位詩人創作閒適詩的性質及特性，分為三方面探索七位詩人閒適詩的特徵，各反映出詩人的何種獨特面向，並總結七位詩人創作閒適詩歌的共同書寫取向。

第二節　閒適詩類的創作思維進路（一）：安於當下的自足生活

傳統儒家對「士」要求是「達則兼善天下，窮則獨善其身」，顯而易見「兼善天下」成了絕對主流，一般士人對自我的要求便是進入中央體制，謀求一己政治地位。兼善天下的理想雖人人皆有，但能否順利達到，則又是另一番考驗，許多士人即使窮盡一生之力也無法如願以償，或者有些士人進入政治體制後，發覺政治環境的複雜，不願失其本真個性，之後選擇辭官退隱的道路，也大有人在，陶淵明便是其中一例。陶淵明為了回歸自我，保持本真性格，寧願歸返田園，在田園生活中尋求俯仰自得的道路。同樣擁有躬耕經驗，也在田園環境創作閒適詩的另一位詩人則是杜甫，與陶淵明不同的是，杜甫的躬耕田園是政治因素使然，安史之亂（755～763）的發生，也開啟杜甫流寓、漂泊的生涯，因而杜甫在田園生活體現的閒適之情是一種遠離戰亂，尋求心境平和的道路，與陶淵明的閒適詩有本質上的不同。

相對於陶淵明選擇主動離開政治環境，柳宗元的情況則大不相同，柳宗元在政治上的一番作為，因永貞革新（貞元二十一年，805，同年八月，改年號為永貞）的失敗，也開啟他的另一段政治生涯，晚年貶居在永州、柳州，放懷山水之間求超脫，藉以放鬆自我，達到心境的閒適，因而閒適詩的創作可謂遠離政治，自肆山水的怡情養性。至於韋應物的仕途雖然仕隱參半，但罷官之路比起柳宗元的貶謫之途已是幸運許多，心態上的不同導致詩歌風格的差異。韋應物罷官閒居期間，在一種平和的心境下，歌詠身心的知足與閒適，因而閒適詩的創作可謂是罷官閒居、知足心態的具體呈現。陶淵明、杜甫、柳宗元、

韋應物皆因不同的因素，離開政治環境，在田園山水或在居家環境中體會心境的平和與閒適，路徑雖有所不同，但都能揭示詩人安於當下，以目前的生活自足的情懷，以下將逐一探討四位詩人的閒適情懷。

一、回歸田園，俯仰自得

陶淵明身處晉、宋易代之際，在混亂動盪的時局也曾數次嘗試入仕，但最後還是選擇歸隱田園一途，不再復出。雖然陶淵明在政治上無太大事功，但文學成就上卻被後人稱道，鍾嶸（468？～519？）稱其「古今隱逸詩人之宗」，一般文學家也一致認為陶淵明是田園詩的開創者，「隱士」與「詩人」的雙重身份以及「田園」的生活環境，是陶淵明詩歌的主要特徵。成為中國文學史上第一位，以隱士身份，不斷把自己隱居田園的日常生活經驗與感受記錄於詩的詩人。〔註27〕這樣的書寫風格在當時文壇可說是特立獨行，因為東晉時代流行的是「理過其辭，淡乎寡味」的玄言詩〔註28〕，陶淵明晚年之後的劉宋時代則盛行「儷采百字之偶，爭價一句之奇，情必極貌以寫物，辭必窮力而追新」的山水詩〔註29〕。

陶淵明義熙元年（405）辭去彭澤令，從此歸隱田園，成為躬耕自給的隱士，其中的原因，陶淵明曾自言：「性剛才拙，與物多忤。自量為己，必貽俗患」（〈與子儼等疏〉，頁187），念及自己天性與俗世相違，若繼續留在仕途，必會惹上禍端，為了明哲保身，也為了保持本真天性，毅然決定辭官歸隱。中國自古以農立國，農民在底層扮演重要的勞力角色，為勞心人服務，與士人形成壁壘分明的角色分配，

〔註27〕參見王國瓔《古今隱逸詩人之宗──陶淵明論析》一書，同註17，頁12。

〔註28〕鍾嶸〈詩品序〉：「永嘉時，貴黃、老，稍尚虛談。於時篇什，理過其辭，淡乎寡味」，參見王叔泯撰：《鍾嶸詩品箋證稿》（臺北：中央研究院中國文哲研究所發行，1992年3月），頁62。

〔註29〕劉勰《文心雕龍・明詩》：「宋初文詠，體有因革，莊老告退，而山水方滋；儷采百字之偶，爭價一句之奇，情必極貌以寫物，辭必窮力而追新：此近世之所競也」，參見同註9，頁49。

也就是「勞心者治人，勞力者治於人。治於人者食人，治人者食於人」〔註30〕的政治原則。士、農在生活行爲、思想或人格表現上，都存在一定的差異，選擇歸田的士人，勢必將由「士」的身份轉向成爲「農」的身分，也必須面臨身心兩方面的極大考驗〔註31〕，所以許多文人雖欣羨純樸自然的田園生活，但都僅止於精神上的「歸田」〔註32〕，眞正能夠實踐歸田而成爲典範者，當屬晉宋之交的陶淵明。

陶淵明脫離政治環境，回到樸質的田園生活，實際下田耕種，試圖與當地居民生活融爲一體。單純的環境，無機心的當地人，讓陶淵明處在一種自在的環境。詩歌描述的隱居生活，是棄官歸田後實際經驗的紀錄，除了描述歸耕生活的辛苦外，也寫下不少具有閒適情調的詩歌，可見，「隱士」身份及「耕作」空間，適合陶淵明創作閒適情趣的詩作。換言之，田園提供陶淵明創作閒適詩的沃土。田園生活亦即農村生活，中華民族歷久以來即以農立國，耕種是最大的生活課題也是最大的經濟來源。但隨著政治體系的出現，社會階層的分工化，「士大夫」與「農夫」的角色與工作性質變得壁壘分明：

> 國有六職……坐而論道，謂之王公。作而行之，謂之士大夫。審曲面勢，以飭五材，以辨民器，謂之百工。通四方之珍異以資之，謂之商旅。飭力以長地財，謂之農夫；治絲麻以成之，謂之婦功。〔註33〕

〔註30〕《孟子‧滕文公上》：「勞心者治人，勞力者治於人。治於人者食人，治人者食於人，天下之通義也」，參見《十三經注疏》本（北京：北京大學出版社，1999 年 12 月），頁 145。

〔註31〕此看法參見廖師美玉：〈杜甫「歸田意識」的形成與實踐──兼論越界的身份認同與創作視域〉，收入陳文華主編：《杜甫與唐宋詩學：杜甫誕生一千二百九十年國際學術研討會》（臺北：里仁書局，2003 年 6 月），頁 421。

〔註32〕關於虛擬書寫歸田這議題，可參見廖師美玉：〈「歸田」意識的形成與虛擬書寫的至樂取向〉，《成大中文學報》第十一期，2003 年 11 月，頁 37～77。

〔註33〕《周禮‧冬官考工記第六》，見《十三經注疏》本（北京：北京大學出版社，1999 年 12 月），頁 1055～1057。

以分工作業的方式將國家事務分成若干區域，各有不同性質的人分擔。國君負責制訂國家各項事務的管理及分配，輔佐國君的人員便是士大夫，還有工、商、農領域，各司其職，最後還把女性工作劃分出來，特分一類。就農民而言，土地是他們賴以維生的區域，農作物的收成也與他們息息相關。農夫與士大夫的關係就建立在「勞力」與「勞心」的關係當中。

　　從事耕種的農夫與從政的士大夫不僅性質不同，數量上也存在一定的差距，農民的數量遠大於士大夫。田園本是廣大民眾最親近的土地，在文人的書寫領域中，田園詩篇雖屢屢不絕的出現，但書寫田園詩的文人不一定生活在田園。例如東漢時期的張衡（78～139）是中國第一位以寫作表達「歸田」意願的文人，創作〈歸田賦〉雖表達出歸耕田園的快樂〔註34〕，但對其生平作一番考證後，發覺張衡創作〈歸田賦〉時已達六十一歲的高齡〔註35〕，實無躬耕的體力與能力，因而張衡只能算開創中國文人歸田文學的虛擬書寫〔註36〕。另一方面，當文人選擇主動離開京城，另尋他處時，往往第一個選擇隱居山林，而非歸耕田園〔註37〕，因而文人當中，自願返回田園，從事耕種活動，

〔註34〕例如張衡在〈歸田賦〉中所言：「於是仲春令月，時和氣清，原隰鬱茂，百草滋榮。王雎鼓翼，倉庚哀鳴，交頸頡頏，關關嚶嚶。於焉逍遙，聊以娛情」，參見明・張溥輯：《漢魏六朝百三名家集・張河間集》（臺北：文津出版社，1979年8月），頁537～538。

〔註35〕廖師美玉主要根據張衡的一些生平資料，得出張衡作〈歸田賦〉時，已六十一高齡。主要的引用資料計有《後漢書・張衡傳》（臺北：鼎文書局，1984年）、崔瑗〈河間相張平子碑〉（《全上古三代秦漢三國六朝文・全後漢文》卷四十五）、張蔭麟：〈張衡別傳・附著作考〉，《學衡》第40期，1925年4月、孫文青：〈張衡年譜〉，《金陵學報》第3卷第2期，1933年11月、楊青龍：〈張衡著作繫年考〉，《書目季刊》第9卷第3期，1975年12月。詳見〈「歸田」意識的形成與虛擬書寫的至樂取向〉一文，同注32，頁55。

〔註36〕關於張衡〈歸田賦〉中涉及的歸田文學虛擬書寫議題，可參見廖師美玉：〈「歸田」意識的形成與虛擬書寫的至樂取向〉一文，同注32，頁54～63。

〔註37〕雖然歸隱山林比起歸耕田園要付出更昂貴的代價，但一般士人往往選擇以伯夷、叔齊「巖穴之士」的姿態歸隱山林。廖師美玉也曾言：

並在其中歌頌田園生活的美好，陶淵明確實擁有重要的開啓作用。

文學類別中，山水、田園、隱逸常被文人書寫，三者相同之處在於主題都離不開「大自然」，若要嚴格區分，山水詩可說是以大自然的「景觀」爲主，人間唯山水最「美」，故山水可「遊」而樂此不疲；田園詩是以大自然的「生活」爲主，人世唯田園最「眞」，故田園可「住」而以盡天年；隱逸詩則是以大自然的「生命」爲主，人生唯隱逸最「善」，故隱逸可「爲」而終生不仕。〔註38〕可見，山水詩中重視「遊」，田園詩則側重「生活」的描繪。另一方面，隱居在深山僻野之中，必須忍受飢寒與孤獨兩大壓力，陶淵明並不選擇這一途，他選擇一個可以躬耕自給的空間以及不與人世隔絕的田園空間。大家稱陶淵明爲田園詩人，之所以有此稱號，主要不是因爲他長居田園，而是因他的勞務參與。〔註39〕因爲親身投入耕種行列，才能深切明瞭其中的苦樂，與土地、農夫培養出一份獨特的感情，比起虛擬書寫田園的文人，其感受更是眞實、眞切許多。

歸返田園，免不了從事農耕活動，在陶淵明閒適詩筆下，農耕的辛勞之外，更著重在愉悅心情的抒寫。愉悅心情主要源自得以歸返自然，不受人事拘束的自由。歸田前期的作品便具有這樣的意旨：

> 少無適俗韻，性本愛丘山。誤落塵網中，一去三十年。羈鳥戀舊林，池魚思故淵，開荒南野際，守拙歸園田。方宅十餘畝，草屋八九間，榆柳蔭後簷，桃李羅堂前。曖曖遠人村，依依墟里烟，狗吠深巷中，雞鳴桑樹巔。戶庭無塵

> 「當士主動選擇離開京城的名利爭逐時，『歸田』並不成爲主要選擇，反而是隱逸的僻處深山僻野，以『巖穴之士』的姿態，同步承受著『饑寒』的生存問題與『孤寂』的心靈問題」，同注32，頁54。

〔註38〕對於山水詩、田園詩及隱逸詩的區別，筆者參考吳可道的說法，參見吳可道：《空靈的腳步》（新竹：楓城出版社，1982年6月），頁76～77。這樣的分法雖然可以區分山水、田園與隱逸詩的差別，但筆者必須說明，這樣的分法仍有疏漏之處，以眞善美的特質區分三種詩類，是一種相對的分法，而非絕對。

〔註39〕參見李清筠《時空情境中的自我影像——以阮籍・陸機・陶淵明詩爲例》一書，同注17，頁129。

雜，虛室有餘閒，久在樊籠裡，復得返自然。（〈歸園田居
五首〉之一，頁40）

以「性本愛丘山」及羈鳥、池魚念舊心理爲喻，說明自己寧願回歸本
眞、歸返田園的願望。在田園中生活，盡見大自然的無限生機，榆樹、
柳樹蔭蓋房後的屋簷，桃樹、李樹也列滿庭院。村落裡飄散著縷縷炊
烟，深巷中傳出幾聲狗叫，桑樹頂也有雞的鳴叫聲。值得慶幸的是，
庭院中沒有塵俗雜事，虛靜的居室安適悠閒，給予詩人一個悠閒的天
地，得以在其中享受生活。

　　並以「歸鳥」爲喻，說明自己絕意仕途，以及歸田後充實而愉快
的經歷，見〈歸鳥〉一詩：

翼翼歸鳥，晨去于林。遠之八表，近憩雲岑。和風不洽，
翻翻求心。顧儔相鳴，景庇清陰……翼翼歸鳥，馴林徘徊。
豈思天路，欣反舊棲。雖無昔侶，眾聲每諧。日夕氣清，
悠然其懷。（頁32～33）

當下暗示自己猶如這隻歸鳥，面對外在環境的不適意，寧願歸返本眞，
回到最初、最熟悉的土地。繼而敘寫已經歸巢的鳥兒，依附樹林徘徊
遨翔，不是想要飛向高空，而是歡喜返回舊巢。雖然沒有過去的同伴，
但林鳥知音鳴聲和諧，傍晚空氣清爽，心情顯得悠然自得。詩中下半
段形容詩人已經回到田園，歸返田園並不是「以退爲進」的手段，而
是帶著歡喜之心歸返。即使少了以前的同伴，但田園環境清幽，也讓
詩人頓時覺得悠然自得。一旦脫離複雜的政治環境，除去官員身份，
便具備身閒的條件，加上田園的外在環境清幽，更提供詩人心閒的條
件，因而可以在田園環境中言自我的閒適。

　　即使耕作的日子，陶淵明也可在當下享受生命的自足與安適，如
〈癸卯歲始春懷古田舍二首〉之二所敘寫的：

先師有遺訓，憂道不憂貧。瞻望邈難逮，轉欲患長勤。秉
耒歡時務，解顏勸農人。平疇交遠風，良苗亦懷新。雖未
量歲功，即事多所欣。耕種有時息，行者無問津。日入相
與歸，壺漿勞近鄰。長吟掩柴門，聊爲隴畝民。（頁77）

雖然瞭解孔子主張君子「憂道不憂貧」之理，但衡量個人的質性，使陶淵明選擇以辛勤工作來解決生存問題。即使如此，陶淵明依舊高興從事農耕，並且和顏悅色地勸勉農人努力耕作。雖然一年的收成尚未能估算，但見到眼前的禾苗生機盎然，也足以讓人開心。黃昏時分與鄉親們結伴而回，並拿出酒招待左右鄰舍，或者閉門過自己閱讀吟詩的生活。詩中對於自己身爲躬耕田野的農人顯得相當自足且愉快。

　　由上可知，陶淵明在閒適詩中著重敍寫精神上的愉悅及自足，除此之外，也常在閒適詩中敍寫日常生活情景，首先描述詩人與鄰里爲友的情況，如〈移居二首〉所言：

> 昔欲居南村，非爲卜其宅。聞多素心人，樂與數晨夕。懷此頗有年，今日從茲役。弊廬何必廣，取足蔽牀席。鄰曲時時來，抗言談在昔。奇文共欣賞，疑義相與析。
>
> 春秋多佳日，登高賦新詩。過門更相呼，有酒斟酌之。農務各自歸，閒暇輒相思；相思則披衣，言笑無厭時。此理將不勝，無爲忽去茲。衣食當須記，力耕不吾欺。（頁 56～57）

這兩篇敍寫陶淵明遷居之後生活的所欣所感。自言從前就想到南村居住，其原因並非爲了選擇吉祥宅地，而是聽說這裡多心地質樸的人，心中很樂意與他們朝夕相處。懷著這心意有些年了，今天終於著手處理這件事情。對於住屋陶淵明並不要求寬敞，只要能夠放得下床席即可。鄰居們時常來往，討論以往之事。還一同品賞奇妙的詩文，如果有疑義便互相提出來討論，由此也可見，陶淵明此時的交往對象不侷限於農夫，也有一般的知識份子。春秋時節遇到良辰吉日，便與這些鄰里友人相偕登高遊賞，創作新詩。經門前互相邀喚，有酒聚在一起品嚐，農忙時各自回去忙碌，一有空閒則彼此想念。想念之時便馬上披衣登門，談笑歡洽，沒有厭倦之時。即使過著自力耕生的的日子，但也可與鄰里友人在農暇之際享受閒適的樂趣，無外務羈絆，可隨意遊賞、賦詩。

　　在〈遊斜川〉一詩之序則點出陶淵明與友人一同遊玩的動機:「辛酉正月五日,天氣澄和,風物閒美。與二三鄰曲,同遊斜川」,趁著天氣和暖,風物閒靜優美的時刻,詩人與二三家鄰居,一同遊覽斜川,全詩描述詩人放懷山水的情態:

> 開歲倏五十,吾生行歸休。念之動中懷,及辰為茲遊。氣
> 和天惟澄,班坐依遠流。弱湍馳文魴,閒谷矯鳴鷗。迴澤
> 散游目,緬然睇曾丘。雖微九重秀,顧瞻無匹儔。提壺接
> 賓侶,引滿更獻酬,未知從今去,當復如此不?中觴縱遙
> 情,忘彼千載憂。且極今朝樂,明日非所求。(頁44～45)

陶淵明想到自己的年紀已過五十歲,便覺一生快到了盡頭,想到此就心中激動,趕快趁著吉日良辰進行遊玩。天氣暖和、天宇澄清,依傍著流水依次而坐,美麗的魴魚在微小的激流中游過,鳴唱的水鷗在幽靜的山谷中飛翔。不僅廣闊的湖面令人放眼遠眺,遠望曾城山也令人引起無限遐思。良辰吉日配上佳景,詩人不僅提著酒壺招待同遊的遊伴,還斟滿酒杯彼此輪番勸酒,藉著飲酒獲得超然的世外之情。雖未知以後是否還有機會歡快同遊,但只要大家珍惜今天的快樂,對於明天也就沒有什麼可祈求的。人生有限,未來不可知,重在珍惜當下,與友人一同在大自然的山水之中暢懷馳情,找尋怡然自樂的情懷。

　　另外,陶淵明獨處幽居之中,也能自得其樂,例如在〈答龐參軍〉便言說自己的隱居樂趣:

> 衡門之下,有琴有書,載彈載詠,爰得我娛。豈無他好,
> 樂是幽居,朝為灌園,夕偃蓬廬。(頁22)

自言在簡陋的茅舍之中,有各種樂器及書籍,詩人又是彈琴又是詠詩,樂此不疲!還自言喜歡住在隱蔽的居處,早起從事農田勞作,晚上睡在茅草房中。過著日出而作,日落而息的生活。在隱蔽的地方過著幽居生活,生活中除了勞動,便是從書本及彈琴尋找生活情趣,看似單調,陶淵明卻能悠遊在其中。

　　至於,〈讀山海經十三首〉之一將生活情趣鎖定在「讀書」一事

上，描寫陶淵明田居耕讀的樂趣〔註40〕：

> 孟夏草木長，遠屋樹扶疏。眾鳥欣有託，吾亦愛吾廬。既耕亦已種，時還讀我書。窮巷隔深轍，頗迴故人車。歡然酌春酒，摘我園中蔬。微雨從東來，好風與之俱。泛覽周王傳，流觀山海圖。俯仰終宇宙，不樂復何如？（頁 133）

初夏時節草木長得茂盛，圍繞房屋的樹木也枝葉繁密，眾鳥找尋到托身之所而欣喜，詩人也鍾愛自己的廬舍。已經耕種完播上種子，因而可以時常抽空讀書。住在偏僻的小巷，大車無法進來，老友卻可以輕鬆來訪。詩人與好友歡喜地品嚐去冬釀製的酒，摘食著自家園中的蔬菜。細雨從東邊輕輕飄灑，和風也同它一起吹拂。朋友回去後，再度展書而讀，隨意瀏覽周王傳，大致翻看山海圖，瞬息之間便遊遍宇宙。快樂不見得建築在外在的物質條件上，精神上的超脫與愉悅，也是快樂的途徑之一。

飲酒自古以來便受文人的青睞，陶淵明閒居在家，也常藉飲酒抒懷心中之情，表面飲酒，實則詠懷，試看〈飲酒二十首〉幾首詩呈現的不同意旨：

> 結廬在人境，而無車馬喧。問君何能爾？心遠地自偏。採菊東籬下，悠然見南山。山氣日夕佳，飛鳥相與還。此還有真意，欲辨已忘言。（其五，頁 89）

> 秋菊有佳色，裛露掇其英。汎此忘憂物，遠我遺世情。一觴雖獨進，杯盡壺自傾。日入群動息，歸鳥趨林鳴；嘯傲東軒下，聊復得此生。（其七，頁 90）

第五首是陶淵明的代表性作品之一，也代表了詩人當時在田園獲得的閒適心情。居住在人間，卻無喧鬧的世俗車馬往來，主要在於「心」的作用，只要讓心遠離塵世，住地就顯得偏遠僻靜。在舍東的籬笆下

〔註40〕〈讀山海經十三首〉是一個組詩結構，除第一首具有閒適耕讀的味道，其餘十二首便是讀《山海經》等書後借神話人物、故事和古人古事以抒慨的詠懷詩，主要是以諫古諷今的方式，表達對現實的不滿。這也反映出詩人雖已有「閒適」的體會，卻並不以「閒適」名家，直到白居易才正式拈出「閒適詩」的理論與創作。

採摘菊花，悠閒自得中見到南山。傍晚的山色最美，飛鳥也結伴相隨歸巢，這種大自然孕育的人生眞諦，無法用言語表達，只能用心感受、體會。第七首也是描述詩人在悠閒心境下的生活樣態。詩人採摘帶著露水的菊花，縱情飲著忘憂的酒，使其遺忘遠離世俗之事。雖是自斟自飲，但杯盡後接著傾壺而盡還頗爲自得，日落後各類生物的活動也隨著停歇下來，鳥類也啼叫著返回樹林。陶淵明倚著東窗嘯歌寄傲，品味著人生的眞趣。可知，隨著大自然的韻動，在其間忘懷得失，歸返自然，便是陶淵明閒居生活的眞諦。

最後，以〈和郭主簿二首〉之一爲例，透過回答郭主簿的贈詩，說明陶淵明田園生活的四個適意側面：

> 藹藹堂前林，中夏貯清陰。凱風因時來，回飆開我襟。息交遊閒業，臥起弄書琴。園蔬有餘滋，舊穀猶儲今。營己良有極，過足非所欽。春秫作美酒，酒熟吾自斟。弱子戲我側，學語未成音。此事眞復樂，聊用忘華簪。遙遙望白雲，懷古一何深。（頁 60）

首先描述田園周圍的環境：堂屋前林木繁茂，在盛夏時節貯滿清爽的陰涼。次寫斷絕與官場交往後，詩人便沉浸在詩文當中，整天不是讀書寫作便是彈琴。園中的蔬菜滋味無窮，往年的糧食如今還有儲存。詩人自認對營生的需求確實有限，對於富足並不羨慕，自足目前的生活狀況。詩人還自己釀製美酒，自斟自飲。稚子在詩人身旁嬉戲，剛學會講話，但字音還咬不準。這樣的田園生活眞多樂趣，姑且忘卻入仕從政。此詩中，陶淵明以寫作鳴琴、品味園蔬、釀酒自飲、幼子戲側四個側面，敘寫適意的田園生活，充滿自足的喜悅。

綜上所述，陶淵明反璞歸眞，不僅回歸原始耕作環境，也回歸自我本眞個性，不需應付政治上的應酬，在田園生活中隨著大自然的作息而生活，與鄰里建立一種純眞無機的感情，彼此相互討論詩作，或者歡暢地飲酒。陶淵明從中體會到耕作的辛勞，也憂心農作物的收成，但總體言之，詩人是在一種知足的心態下創作詩歌，歌詠自我回歸田

園的自由，趁著農餘之暇也能與好友一同出遊，或獨自在家也能從書本及彈琴中找尋生活情趣，在其中悠遊自得。因而陶淵明的閒適詩便在脫離政治，農耕之餘，歌詠自我身心自足的詩歌。

二、棄官遠遊，耕讀自足

　　杜甫（字子美，712～770）留下一千四百多首詩歌，一般人對其詩歌印象總認爲深刻揭露統治階層的腐朽，眞實反映廣大民衆遭受的災難，描述祖國山川的壯麗，以及自己輾轉流離的辛酸遭遇。但經由實際歸田的經驗，也開啓杜甫詩歌的不同視角。楊承祖的研究就指出：「閒適詩到杜甫，已更爲成熟；成都草堂時期前後，閒適之作尤多尤美……無論從量與質看，杜在閒適詩的發展上，都是陶（淵明）以後白（居易）以前最重要的大家」〔註41〕，點出成都草堂時期歸田經驗帶出大量的閒適詩創作。

　　杜甫實際歸田的經驗有二次，第一次是肅宗乾元二年（759）年底入蜀，次年春天得到親朋資助，在成都城西三里的浣花溪畔覓地築堂，到永泰元年（765）夏初離蜀東下，前後五年。第二次是夔州時期，大曆元年（766）春夏之交抵達夔州，至大曆三年（768）出峽，約有二年。〔註42〕兩次歸田經驗帶給杜甫不同的體驗，成都時期帶出的閒適情調，楊成祖的研究已指出，至於夔州時期的躬耕經驗，是否也帶出同樣的閒適之情，是筆者欲考察的議題。

　　自從肅宗乾元二年（759）華州司功參軍任上棄官去職開始，杜甫便完全與十三年來依戀不捨的長安遠離，宣示告別仕宦，轉而歌詠高蹈遠引之士〔註43〕，逐漸往內心世界探索。自草堂營就後，杜甫也

〔註41〕參見楊承祖〈閒適詩初論〉一文，同注4，頁546～547。

〔註42〕詳見學海出版社：《杜甫年譜》（臺北：學海出版社，1981年9月），頁102～252。

〔註43〕《杜甫年譜》一書中提到：「杜甫向秦州移家時之心境，於自己行蹤則有不知託足何地之感，於個人事業則因既已絕意仕途，遂轉而歌詠古今所謂高蹈遠引之士，如不入州府的龐德公，達生避俗的陶淵

結束其十載長安四年流徙之生涯，投身夙稱富庶地區的成都，於是生活比較安靜，在閒靜之中，對於自然景物皆生興會，因之作成不少歌詠自然之詩篇。〔註44〕閒靜的心境，豐饒的地理環境，孕育杜甫創作閒適詩的園地。

　　杜甫選擇在浣花溪畔蓋起自己的一座草屋，打造屬於自己的私人空間，也開啓歸田的生活：

　　　　背郭堂成蔭白茅，緣江路熟俯青郊。榿林礙日吟風葉，籠竹和煙滴露梢。暫止飛鳥將數子，頻來語燕定新巢。旁人錯比揚雄宅，懶惰無心作解嘲。〔註45〕

詩的首句「堂成」即點題，「背郭」則說明其地理位置：距離成都有一段距離，正如杜甫在〈卜居〉一詩所言：「浣花溪水水西頭，主人爲卜林塘幽。已知出郭少塵事，更有澄江銷客愁」（頁729），將草堂選擇在「背郭」之地，有著「出郭少塵事」的含意，流露作者恬適的心情。接著進一步指出草堂的具體位置，這座白茅覆蓋的草堂，臨視浣花溪水，俯瞰青色郊野，附近還有一條曲折的小路通向遠方。風景幽勝，詩人置身其間，遠離塵囂的心情油然而生。草堂周圍的木竹茂盛而有幽趣，飛鳥來草堂棲止，燕子也來營巢。最後詩人自言卜居成都西郊，構造草堂，不過是暫時安身，並無久居之意，與生長在蜀地的揚雄不能相比。自己的心情雖不爲人所瞭解，但由於懶散無聊，也無意跟隨揚雄寫解嘲的那般解釋途徑。詩中雖有流寓之感，但從全詩

　　　　明，上疏乞骸骨之賀知章，與布衣終老之孟浩然，且以詩貽彼『貧知靜者性，白益毛髮古』之阮隱士，乃至以詩託詠『在山泉水清』之空谷佳人」，參見同注42，頁106。

〔註44〕《杜甫年譜》：「自草堂營就後，杜甫始結束其十載長安四年流徙之生涯，既與關輔嚴重災荒及幣制紊亂現象相隔，又與中原兵戈擾攘及邊塞胡虜交逼之禍害相離，而投身於夙稱富庶地區之成都，於是生活比較安靜，行骸亦暫得休息。在閒靜之中，對於自然界景物皆生興會，因之作成不少歌詠自然之詩篇」，同注42，頁121。

〔註45〕杜甫：〈堂成〉，參見唐·杜甫著、清·仇兆鼇注：《杜詩詳註》（北京：中華書局，1995年4月），頁735。此爲杜詩主要引用版本，底下如再度出現此書時，僅於引文後加注頁數，不再註腳中說明。

的布局，也可體味出詩人在流離轉徙中獲得比較安定生活環境的喜悅與情趣。

　　歸田的日常生活，不外乎農事的經營，耕鋤、播種、除草、灌溉、採摘等等，皆在範圍之內，杜甫雖身為士人，但也在這片土壤上當起農夫，從事耕種活動。若用半個農夫來稱呼他也並不為過，於是相對地，林園農事也構成杜甫閒適生活的一個面相〔註46〕。〈為農〉一詩則是杜甫自忖在成都以農夫身份，並以農為樂的一首作品：

　　　錦里煙塵外，江村八九家。圓荷浮小葉，細麥落輕花。卜
　　　宅從茲老，為農去國賒。遠慚句漏令，不得問丹砂。（頁739
　　　～740）

先說明成都之地未受戰火波及，杜甫得以在其中安居，江村八九家的散居情況，自然表現出一種悠閒舒適的情景。透過圓荷浮生小葉、細麥飄落清花的景象，帶出一股悠閒的心境。杜甫有意選擇成都這地方，當作終老之所，詩人已經在心中自忖為農的情況。但是即使杜甫去國遙遠，依舊無法完全忘懷對國家的忠愛之心，因而最後言道「遠慚句漏令，不得問丹砂」，無法像晉朝的葛洪一樣，為了求仙煉丹，毅然捨去朝廷及人世。即使如此，仍不減詩中欲表達詩人在成都生活得到安頓後，細觀自然感受到的生機以及悠閒適意的心境。至於〈田舍〉一詩則從農事角度描寫田園的生活面貌：

　　　田舍清江曲，柴門古道旁。草深迷市井，地僻懶衣裳。楊
　　　柳枝枝弱，枇杷對對香。鸕鷀西日照，曬翅滿漁梁。（頁745）

首聯寫環境之幽僻，頷聯寫居人之悠閒，頸聯寫樹木之茂繁：現值初夏，楊柳隨風飄舞，崗上枇杷已結黃實。尾聯寫禽鳥之自在，組成了一幅江村晚景，一切是那麼寧靜、和諧。詩中所言的「鸕鷀」是一種水鳥，蜀人以之捕魚，現在它們站在漁梁上面展開雙翅，在夕陽光中晒它們的羽毛，可見此時村民一天的勞動也已經結束，水鳥才能如此悠閒自得。也帶出杜甫在忙碌的一天後，尚能以悠閒的心態欣賞田舍

─────────────

〔註46〕同注2，頁58。

的風光。

　　除了農事經營外，杜甫依舊保持士人的文化修養，因而讀書、飲酒之事也常出現在詩中，並以此表達生活的閒適：

> 野日荒荒白，春流泯泯清。渚蒲隨地有，村徑逐門成。只作披衣慣，常從漉酒生。眼前無俗物，多病也身輕。
>
> 江皋已仲春，花下復清晨。仰面貪看鳥，回頭錯應人。讀書難字過，對酒滿壺頻。近識峨嵋老，知予懶是真。（〈漫成二首〉，頁 797～798）

首章對著蜀地之景怡情，有超然避俗的念頭產生。並形容詩人來往自如，疏放已久，見醉鄉可樂，眼前都無俗物，因而可以獨適己性。次章先言花溪外景，再言草堂內景。首章披衣漉酒，樂在身閒；次章讀書對酒，樂在心得。二首的格調正如《杜臆》所言：「二詩格調疏散，非經營結構而成，故云漫成」（頁 797），疏散的格調正反映詩人心境的悠閒。

　　杜甫還在草堂水榭中設了欄杆，可以憑欄眺望，〈水檻遣心二首〉之一便是描繪詩人在微風細雨中所見的種種景物，也表現杜甫閒靜安適的心境：

> 去郭軒楹敞，無村眺望賒。澄江平少岸，幽樹晚多花。細雨魚兒出，微風燕子斜。城中十萬戶，此地兩三家。（頁 812）

水亭距離成都既遠，周圍又無村落，可以極目遠眺，在這樣的環境中憑欄眺望，最能表現杜甫心情的喜悅和胸襟的開闊。憑欄眺望，江水澄清，綠波蕩漾，浩渺無邊，江漲水闊，幾與岸平。幽深的樹木開花季節雖較晚，但花卻開得很多。細雨微風中魚游燕飛，情景十分真切。最後再一次突出此地遠離城市，環境寂靜清幽，流露出詩人怡然自適的心情。水檻眺望的所見所感並不是詩的主題，「遣心」才是詩的中心，如同仇兆鰲言：「此章詠雨後晚景，情在景中……八句排對，各含遣心」（頁 812），正道出本篇仍以抒情為本質，以「遣心」為寫作手法上的特點。

　　杜甫住在草堂中，環境幽靜，生活安閒，妻、子也自得其樂，〈江村〉一詩便是描寫這種悠然自得的情調：

> 清江一曲抱村流，長夏江村事事幽。自去自來梁上燕，相
> 親相近水中鷗。老妻畫紙爲棋局，稚子敲針作釣鉤。但有
> 故人供祿米，微軀此外更何求？（頁746）

詩中描述清澈的江水曲折地繞村而流，長長的夏日，江村中事事都顯得安閒。村中和水上禽鳥也都自由自在，從容安閒。不僅草堂景物之「幽」，人事也處在幽靜之中，老妻及幼子都有各自的樂趣，詩人對此生活感到怡然自足。杜甫寫作風格轉爲閒淡之風，主要是生活環境的變化所造成，正如仇兆鰲所云：「蓋多年匍匐，至此始得少休也」（頁746），經歷過多年的波折，如今能覓得安處閒靜之地，即使是暫時的，詩人也倍感珍惜。

　　偶而有客來訪，杜甫雖無豐盛的佳餚招待客人，但詩中的感情也表現得熱情而率眞〔註47〕，如〈客至〉一詩所言：

> 舍南舍北皆春水，但見群鷗日日來。花徑不曾緣客掃，蓬
> 門今始爲君開。盤餐市遠無兼味，樽酒家貧只舊醅。肯與
> 鄰翁相對飲，隔籬呼取盡餘杯。（頁793）

先敘寫草堂周圍春草碧色，一片明媚的風光，詩人閒居草堂，唯見沙鷗天天遊來，點出此地環境的幽靜和詩人生活的寂寞。當時門庭冷落，來客稀少，平常也不輕易接待來客，至今見崔明府來訪，詩人流露出一種意外的喜悅。天涯羈旅，親友相聚，本是人間快事，理當筵盛酒

〔註47〕這一類的作品還包含〈有客〉及〈賓至〉二首。〈有客〉一詩描述即
　　　　使杜甫在病痛之中，面對客人的來訪，依舊熱情招待，自己種的蔬
　　　　菜，剛剛冒出新葉不久，但爲情親之故，摘一點來供客，也算是出
　　　　於誠意了：「患氣經時久，臨江卜宅新。喧卑方避俗，疏快頗宜人。
　　　　有客過茅宇，呼兒正葛巾。自鋤稀菜甲，小摘爲情親」，同注45，頁
　　　　740。〈賓至〉一詩對賓客遠道來訪，自謙拿不出什麼東西來款客，
　　　　只要客人不嫌山野，仍是歡迎來看水竹、藥欄：「幽棲地僻經過少，
　　　　老病人扶再拜難。豈有文章驚海內，漫勞車馬駐江干。竟日掩留佳
　　　　客坐，百年粗糲腐儒餐。不一嫌野外無供給，乘興還來看藥欄」，同
　　　　注45，頁741。

醇。但由於貧困和離市較遠，沒有許多菜餚，酒也只是舊釀的濁酒，但詩人依舊盛情款待。詩中不僅體現親友相聚的快樂，也反映出濃厚的鄉下人情味，因而黃生評曰：「空谷足音之喜，村家眞率之情，一時賓主忘機，斯可見矣」〔註48〕，眞可謂賓主盡歡。

　　杜甫雖在成都流寓，但從這些閒適詩可發現杜甫正在經營閒逸生活，「以舒放自適的心態，與自然相親相得」〔註49〕，暫時擺脫外在的紛擾，幽居此地，遠離塵囂，與自然步調諧和，過著躬耕的田園生活，也與當地鄰里相處愉快，這就是杜甫在成都草堂創作閒適詩的面貌，以〈遣意二首〉爲例，說明杜甫在此時寫出往昔罕見的悠閒靜謐氣氛：

　　　　囀枝黃鳥近，泛渚白鷗輕。一徑野花落，孤村春水生。衰
　　　　年催釀黍，細雨更移橙。漸喜交遊絕，幽居不用名。

　　　　簷影微微落，津流脈脈斜。野船明細火，宿雁聚圓沙。雲
　　　　掩初弦月，香傳小樹花。鄰人有美酒，稚子夜能賒。（頁794）

第一首前半段先描繪黃鳥囀枝的悅耳聲以及白鷗泛渚的形貌，再就一逕與孤村的視覺意象言野花落以及春水生的氣象。下半段由景入情，說明年衰不可無酒，趁著細雨移植橙樹易活。最後流露出詩人淡泊的心境，表達自己安於幽居的生活型態。第二首續寫草堂春夜之景：簷影微落，津水斜流，靜態的船火與動態的飛鷺，初弦之月與小樹花的香氣，良辰美景，花月良宵，豈能無酒！於是詩人遣稚子向鄰人賒家釀美酒。末聯也表達出鄰家親善，詩人夜裡缺酒，稚子可以輕易從鄰人處賒得美酒。因而方瑜言：「子美在浣花草堂的現實生活也許難稱寬

〔註48〕黃生曰：「上四，客至，有空谷足音之喜。下四，留客，見村家眞率之情。前借鷗鳥引端，後將鄰翁陪結，一時賓主忘機，亦可見矣」，同注45，頁793。

〔註49〕詳見方瑜：〈浣花溪畔草堂閒——論杜甫草堂時期的詩〉：「草堂卜居時期，杜甫往往自稱『狂夫』、『野老』，以舒放自適的心態與自然相親相得，產了許多詩酒自寬、明朗溫馨的作品，是草堂詩篇的一大特色」，收入中國古典文學研究會主編：《古典文學》第二集（臺北：學生書局，1980年12月），頁178。

裕，但精神上卻相當豐富，有詩、有酒、有遠離塵囂的大自然，還有善解人意的鄰舍」〔註50〕，也因此與往昔的詩風呈現出不同特色，開適平和的格調也反映出杜甫經歷流寓歲月暫時獲得平靜生活的寫照。

杜甫第二次歸田的地點在夔州，夔州之地，山川形勢，雄峻奇險〔註51〕，名勝古蹟也很多，旅居夔州期間，先後住過五個地方，即客堂、西閣、赤甲、瀼西、東屯。每一個地方的地理環境不同，所待的時間長短也不盡相同。大曆二年暮春，杜甫由赤甲遷居瀼西草堂，並租得東屯部分公田耕種，加以柏茂琳贈以瀼西柑林四十畝〔註52〕，遂添僱傭僕，正式展開務農生涯。有田園耕種，終於又獲可棲之地，讓久經漂泊的杜甫，再度興起欣悅之情，〈行官張望補稻畦水歸〉一詩描述擁有水田的情況：

> 東屯大江北，百頃平若案。六月青稻多，千畦碧泉亂……
> 芊芊炯翠羽，剡剡生銀漢。鷗鳥鏡裏來，關山雪邊看……
> 秋菰成黑米，精鑿傳白粲。玉粒足晨炊，紅鮮任霞散。終
> 然添旅食，作苦期壯觀。遺穗及眾多，我倉戒滋蔓。（頁1654
> ～1655）

萬畝的水田，青苗如翠，畦水明淨，鷗鳥飛掠而過，青山環繞倒影在水中。不僅風景如畫，詩人還談到稻米收成的情況。黑、白、紅鮮三種不同品種的稻米，都是田中所生，即將在秋天採收。豐收的喜悅與期待，在詩中泛溢而出。由於收成眾多，詩人還準備將遺穗分給村民，不專利於己。

耕種的經驗確實替杜甫的夔州生涯憑添不少生活情趣，如豎子阿段不斷從果園將成熟的果子提回來供主人食用：「榿梨纔綴碧，梅杏半傳黃。小子幽園至，輕籠熟奈香。」（〈豎子至〉，頁1634），雖然

〔註50〕同注49，頁159。
〔註51〕可參見杜甫在〈夔州歌十絕句〉之一中所言：「中巴之東巴東山，江水開闢流其間。白帝高為三峽鎮，瞿唐險過百牢關」，同注45，頁1302。
〔註52〕《杜甫年譜》：「即在遷居赤甲之後，柏茂琳以瀼西四十畝柑林見贈，並賃得瀼廨所屬之草堂可居，因又遷居瀼西」，同注42，頁220。

梨子還是青碧顏色，梅杏也才半黃，但椋已經成熟噴香，也可見果園的品種相當多。有時杜甫爲求安靜，常到果園茅舍居住，如〈園〉一詩呈現：

> 仲夏流多水，清晨向小園。碧溪搖艇闊，朱果爛枝繁。始爲江山靜，終防市井喧。畦蔬繞茅屋，自足媚盤餐。（頁 1634 ～1635）

仲夏清晨，詩人渡溪駛向小園。此園中碧流朱果，顏色鮮亮。在此置園本以求靜，遠離市囂，今兼有畦蔬，盤飧自足，不求於外。自欣自足之情，流露在詩中。果園不僅環境清幽，又兼顧生活所需，漂泊流轉之際，尚能得此田園居住，心中的欣悅之情可想而知。

夔州務農之後，由於耕作有行官、傭僕代勞，衣食又差足溫飽，子美餘暇漸多，心情稍安，一些詩篇與當日草堂詩酒自寬、寫家居之樂、自然之景的作品，頗有相似之處。〔註 53〕例如，秋天摘果後，果樹需要及時除荒，杜甫便帶著小僮們除荒移牀，而作〈課小豎鋤斫舍北果林枝蔓荒穢淨訖移牀三首〉，第一首除了敘寫果林一事，也道出詩人的閒趣：

> 病枕依茅棟，荒鉏淨果林。背堂資僻遠，在野興清深。山雉防求敵，江猿應獨吟。泧雲高不去，隱几亦無心。（頁 1736）

這三章又名「秋日閒居三首」，黃生云：「題雖長，只是鋤荒移牀二事……總見靜寂幽閒之趣」（頁 1736）。清秋暇日，杜甫命小僮傭僕，將果林中的枝蔓荒穢，斫鋤乾淨。移牀向北，爲的是取其僻遠，荒穢除盡後，頓覺果林清深許多。詩人還看雉聽猿，憑几對雲，享受大自然的野趣與幽靜。杜甫即使平常爲農事而繁忙，但只要心態保持平和，也能在日常農務中享受一片悠閒的空間。

遷居瀼西後，某日有數客來訪，杜甫對此感到高興，喜作〈過客相尋〉一詩，敘述接待客人的情景：

> 窮老眞無事，江山已定居。地幽忘盥櫛，客至罷琴書。挂

〔註 53〕方瑜：《杜甫夔州詩析論》（臺北：幼獅出版社，1985 年 5 月），頁 41。

壁移筐果，呼兒間煮魚。時聞繫舟楫，及此問吾盧。（頁 1633）
首先杜甫點出此時的日子心中無事，江山亦可安居。居住在幽靜之地，
生活相當悠閒自適，即使沒有客人來訪，有琴有書，亦可自得其樂。
如果有客來訪，有果有魚可以殷勤招待。詩中說明此時生活較爲安定，
詩人漂泊的心思在此暫時得到解脫。

即使在登高之作中，杜甫也一改往昔悲歡的氛圍，敍居草堂自安
自得的情趣，如五古長篇〈柴門〉一詩後半段所言：

我今遠遊子，飄轉混泥沙。萬物附本性，約身不願奢。茅
棟蓋一床，清池有餘花。濁醪與脫粟，在眼無咨嗟。山荒
人民少，地僻日夕佳。貧賤固其常，富貴任生涯。老於干
戈際，宅幸蓬蓽遮。石亂上雲氣，杉清延日華。賞妍又分
外，理愜夫何誇。足了垂白年，敢居高士差。書此豁平昔，
回首猶暮霞。（頁 1644～1645）

〈柴門〉一詩的前半段主要是描述夏末秋初的時節，詩人登高所見之
景：「泛舟登瀼西，迴首望兩崖」（頁 1643），後半段的部分則由景入
情，抒寫詩人登高之情懷。將自己比喻爲「遠遊子」，到處轉徙飄泊，
如今能得田園茅舍一屋，居食粗給，這對詩人而言已感滿足。在此地
雖然居所偏僻，人煙稀少，但傍晚的景色卻是相當迷人。詩人在此已
把貧賤當成一般事理看待，對於富貴則是任意而行，頗有樂天知命之
意。況且這裡的景趣足以娛樂詩人，也讓步入老年的詩人藉以得到安
慰。最後詩人言道在茅簷自安的心境下，對於一切抱持無求的心態。

綜上所述，浣花草堂與瀼西茅舍，是杜甫晚年漂泊生涯中非常重
要的兩處據點〔註54〕，偏僻的地點，優美的環境，讓身經戰亂的杜甫暫
時得到心靈的解放，田園環境，平和的心境，成爲杜甫創作閒適詩的主
要兩大條件，因而在耕種的空間中，謳歌生活的平和、美好。詩歌創作
主要以反映社會現實爲主的杜甫，也因流寓歲月中，覓得一己修養之地，
而開創出一條不同風格的道路。杜甫在四川、夔州之地以農夫的身分，

〔註54〕同注53，頁3。

展開務農工作。年紀已大的杜甫，面對忙碌的農務，難免有些吃重的感覺。但等到一切慢慢步入軌道，也覓得一些傭僕代勞農事，杜甫的心境逐漸開闊，能在漂泊生涯中獲得當下的平和生活，杜甫顯得相當自足且珍惜。因而，在忙碌的一天後，杜甫也能以愉快的心情欣賞田舍的風光，融入當地的生活，在農餘之暇品味出生活的閒趣。

三、謫居荒癘，自肆山水

柳宗元（字子厚，773～819）是唐代著名的文學家及思想家，在永貞革新之前，他的仕途可說是一帆風順，中進士，策博學宏詞科；授集賢殿書院正字，遷藍田尉；任監察御史裡行；貞元二十一年（805）擢升禮部員外郎時僅三十三歲〔註55〕。但永貞革新也成為柳宗元一生的分水嶺，永貞革新終究失敗，九月，柳宗元自禮部員外郎貶為邵州刺史。未至，於十一月再貶永州司馬。〔註56〕這個悲劇斷送了柳宗元的政治前途，卻成為他創作的飛躍點。柳宗元的詩作大都創作在貶謫之後，確知為貶謫之前作的僅有省試觀慶雲圖詩、韋道安、渾鴻臚宅聞歌效白紵三首而已。〔註57〕一般文學史上均認為柳宗元貶謫之後的山水記遊之作，實則凝聚著詩人長期貶謫生涯的痛苦，時時流露出郁憤之情〔註58〕。但是貶謫永州後創作的詩歌，也有一些具有閒情意味

〔註55〕《舊唐書·柳宗元傳》：「順宗即位，王叔文、韋執誼用事，尤奇待宗元。與監察呂溫密引禁中，與之圖事，轉尚書禮部員外郎」，參見後晉·劉昫等撰：《新校本舊唐書附索引》（臺北：鼎文書局，1981年1月），頁4214。

〔註56〕關於柳宗元的生平事蹟，筆者參照羅聯添編著：《柳宗元事蹟繫年暨資料類編》（臺北：國立編譯館出版，1981年12月），頁78。

〔註57〕王國安在《柳宗元詩箋釋》一書中的前言部分所提及，參見唐·柳宗元著、王國安箋釋：《柳宗元詩箋釋》（上海：上海古籍出版社，1993年9月），頁1。此為柳宗元詩歌的主要引用文本，底下再出現柳宗元詩作時，僅於引文後加注頁數，不再於註腳中說明。

〔註58〕如《新唐書·柳宗元傳》：「既竄斥，地又荒癘，因自放山澤間，其堙厄感鬱，一寓諸文，倣離騷數十篇，讀者咸悲惻」，參見宋·歐陽修、宋祁撰：《新校本新唐書附索引》（臺北：鼎文書局，1981年），頁5132；《滄浪詩話》：「唐人惟柳子厚深得騷學，退之李觀，皆所不

的詩歌，這類便是柳宗元具有閒適情調的部分，底下將探究柳宗元身上體現的閒適是何種風格。

　　每一位知識份子遭受貶謫命運，大抵均經歷一段身心痛苦的時期，柳宗元也不例外，到永州後爲了排遣心中的鬱悶，於是放縱自己在自然山水之中，尋幽訪勝過程難免興起貶謫的痛苦，但念頭一轉，將此痛苦轉換爲山水遊玩之樂，例如〈夏初雨後尋愚溪〉一詩陳述：

　　　悠悠雨初霽，獨繞清溪曲。引杖試荒泉，解帶圍新竹。沈
　　吟亦何事，寂寞固所欲。幸此息營營，嘯歌靜炎燠。(頁8)

詩人在久雨初晴後，獨自在愚溪曲畔繞行。以手仗試探荒泉，看泉水有加深幾許；用衣帶圍攏新生之竹，看竹圍加大多少。自問又有何事使自己沉思徘徊，自答遠離政治紛擾，享受這種寂寞，本即個人所願。雖對遭受貶謫命運有些不滿，但念頭一轉，正因爲這樣的命運安排才讓自己現今有機會，可以解脫往來奔走於官場的煩惱，還可長嘯高歌消除初夏的炎熱。

　　柳宗元懂得利用心的作用轉換外在環境，將貶謫一事解釋爲暫時脫去中央官職的最好方法，以〈溪居〉爲代表作：

　　　久爲簪組累，幸此南夷謫。閒依農圃鄰，偶似山林客。曉
　　耕翻露草，夜榜響溪石。來往不逢人，長歌楚天碧。(頁138)

柳宗元敘說自己長久以來受到官職的羈絆，幸虧這次貶謫來到南荒之地。空閒時與鄰居農戶作伴，恰像山林隱士一樣。清晨耕地翻動含露小草，夜間划船拍擊溪石作響。來來往往不見一個人影，望碧天而長歌。詩中不見對貶謫一事的牢騷，只有描述作爲山林客的閒適情懷。

　　政治上的挫敗反開啓柳宗元人生另一扇窗，由上述可知柳宗元已曉得利用外在山水美景洗滌心中的鬱悶，〈雨後曉行獨至愚溪北池〉

及。若皮日休九諷，不足爲騷」，參見嚴羽著、郭紹虞校釋：《滄浪詩話校釋》(臺北：里仁書局，1987年4月)，頁186。

一詩更表達出柳宗元心中的閒靜之情:「宿雲散洲渚,曉日明村塢。
高樹臨清池,風驚夜來雨。予心適無事,偶此成賓主」(頁9),先是
描述夜雨初晴的景象,接下來抒寫詩人今日心中的閒靜,又遇此佳景,
身與景接,有如賓主之相對。與友人相偕出遊,更可使柳宗元暫時忘
卻外貶的痛苦,享受出遊的快樂:

> 新沐換輕幘,曉池風露清。自諧塵外意,況與幽人行。霞
> 散眾山迥,天高數雁鳴。機心付當路,聊適羲皇情。(〈旦
> 攜謝山人至愚池〉,頁146)

> 鶴鳴楚山靜,露白秋江曉。連袂度危橋,縈迴出林杪。西
> 岑極遠目,毫末皆可了。重疊九疑高,微茫洞庭小。迴窮
> 兩儀際,高出萬象表。馳景泛頹波,遙風遞寒篠。謫居安
> 所習,稍厭從紛擾。生同胥靡遺,壽比彭鏗夭。寒連困顛
> 踣,愚蒙怯幽眇。非令親愛疏,誰使心神悄。偶茲遁山水,
> 得以觀魚鳥。吾子幸淹留,緩我愁腸繞。(〈與崔策登西山〉,
> 頁175)

第一首描寫柳宗元剛洗過頭,換上質地輕軟的包頭巾,在清晨時分與謝
山人一同至愚池出遊。詩人自認與世俗之外的人心意相通,情投意合,
更何況今日與幽居之人——謝山人一同遊玩。霞氣飄散在眾山之中,數
雁在高空之中鳴叫,詩人寧可學陶潛那樣,作個羲皇上人,過清靜閒適
的生活,姑且讓有權勢的人運用機心,參與政爭。此詩透露出柳宗元已
經能坦然面對自己貶謫的命運,不僅接受且懂得排遣,不願回到競逐傾
軋的官場。第二首描述詩人與崔策不眠待曉,天亮而出遊的情景,繼寫
登西山的過程以及登山所見之風景。登山後仍不免抒寫自己謫居的感受,
謫居在永州安於孤寂生活,漸漸厭倦世事糾紛。自己曾在政場中受挫,
對於政局的變化,實在令人膽怯。如今慶幸自己能在山水間逃避詭譎的
政治,而且還有好友崔策一同遊玩,可以解愁。

　　閒居在家的日子,柳宗元有時也顯得一派悠閒,讀禪經甚至白天
偶眠的情況在詩中皆有所體現:

> 汲井漱寒齒,清心拂塵服。閒持貝葉書,步出東齋讀。真

源了無取，妄跡世所逐。遺言冀可冥，繕性何由熟。道人
庭宇靜，苔色連深竹。日出霧露餘，青松如膏沐。澹然離
言說，悟悅心自足。（〈晨詣超師院讀禪經〉，頁 216）

南州溽暑醉如酒，隱几熟眠開北牖。日午獨覺無餘聲，山
童隔竹敲茶臼。（〈夏晝偶作〉，頁 266）

第一首述寫柳宗元拜見高僧前先用井水漱口齒，再撢去衣服上的塵
埃，清靜心靈，以表示至誠。閒持經書，步出東齋誦讀。世人不悟
眞源佛理，而追逐於妄途邪道。對佛理求得深刻領會，方能修心而
知由什麼途徑悟道。離開言語，不須解說，心中有所悟，而喜悅心
自會滿足。在清爽的早晨，拜見禪師，誦讀禪經，心中的閒靜可想
而知。第二首說明南方夏天濕熱之氣燻人如醉，因而柳宗元打開北
窗便憑几睡去。中午醒來，四周寂靜，只聞山童敲茶臼聲。整首詩
描寫南州溽暑中午醒時對聲音的突出感受，一片寂靜的環境中只聽
見茶臼的單調敲擊聲，也反映出詩人在閒適的心態及寂靜的環境下
進行晝眠。

　　總之，柳宗元貶斥永州長達十年之久，韓愈稱其「自肆於山水間」
〔註 59〕，柳宗元自己也言道：「自余爲僇人，居是州，恆惴慄。其隙
也，則施施而行，漫漫而游。日與其徒上高山，入深林，窮迴谿，幽
泉怪石，無遠不到」〔註 60〕，柳宗元的自肆山水與其政治生涯有密切
關係，因左遷的命運，讓他有機會可以游覽永州各地，娛樂其志。在
上述列舉的閒適詩中，體現出的正是遊歷山水中的自在之情。因而，
謫居荒癘，自肆山水的道路，讓柳宗元能在中央體制外，悠遊在山水
之中，體會人生的另一種境界。擺脫了對政治的關心及積極參與度，

〔註 59〕韓愈：〈唐柳州刺史柳子厚墓誌銘〉：「居閒益自刻苦，務記覽，爲詞
　　　　章汎濫停蓄，爲深博無涯涘，而自肆於山水閒」，參見屈守元、常思
　　　　春：《韓愈全集校注》（成都：四川大學出版社，1996 年 7 月），頁
　　　　2391。

〔註 60〕柳宗元：〈始得西山宴游記〉，參見唐·柳宗元撰：《柳河東集》（臺
　　　　北：河洛圖書，1974 年 12 月），頁 470。

也能經營出一片自我的天地，對政治的苦悶之情也轉而平和、悠閒，自適其中。

四、罷官閒居，知足自得

　　韋應物（737～約 792）其仕途時仕時隱，閒居期約有四次：一為永泰元年（765），閒居洛陽同德寺。二為大曆十四年（779），任櫟陽令不久後，旋稱疾辭官，寓居長安西郊灃上善福精舍，至建中二年（781）四月。三為興元元年（784）冬末，罷任滁州刺史，閒居滁州西澗。四為貞元六年（790）歲暮或七年（791）春初，罷任蘇州刺史，居蘇州永定寺。〔註61〕韋應物面對自己退居的閒居生活，往往心中充滿自適之情，如〈寄馮著〉一詩所言：

> 春雷起萌蟄，土壤日已疏。胡能遭盛明，才俊伏里閭。偃仰遂真性，所求惟斗儲。披衣出茅屋，盥漱臨清渠。吾道亦自適，退身保玄虛。幸無職事牽，且覽案上書。親友各馳騖，誰當訪敝廬。思君在何夕，明月照廣除。（頁 76）

此詩永泰二年春在洛陽作，時已罷洛陽丞閒居（頁 76）。春雷震震響起，暗示著草木萌發，蟄蟲甦醒的季節已來到，春耕的日子即將來到。即使屈就在偏僻鄉里間，詩人依舊可以過著適意的生活。偃仰之間只求順遂本真之性，所求也只是升斗之儲。披著衣服走出茅屋，臨著清渠盥洗，生活相當儉樸。自言過著適意的生活型態，隱居的生活可以保持神志的清明以及性情的沉靜。慶幸自己現在脫離官場，無職事的牽絆，可以隨意閱覽案頭上的書。親友間也各自奔走，誰又有空來拜訪這敝廬呢！因而在這明月高照的夜裡，不禁思念起友人——馮著。雖是寫給朋友的詩作，但詩中透露出韋應物對於閒居生活的自適態度，暫時脫離官場，反而帶給他更多的休閒空間。

　　罷官閒居的處所，通常都在遠離塵囂之處，才能尋得心靈的平靜，

〔註61〕關於韋應物的生平事蹟考，筆者參考傅璇琮〈韋應物繫年考證〉一文，收入傅璇琮著：《唐代詩人叢考》（北京：中華書局，2003 年 5 月），頁 282～340。

對於處所的偏僻，韋應物反以此爲美，加以讚揚：

> 負暄衡門下，望雲歸遠山。但要尊中物，餘事豈相關。交無是非責，且得任疏頑。日夕臨清澗，逍遙思慮閒。出去唯空屋，弊簀委窗間。何異林棲鳥，戀此復來還。世榮斯獨已，頹志亦何攀。唯當歲豐熟，閭里一歡顏。（〈郊居言志〉，頁 499）

> 結髮屢辭秩，立身本疏慢。今得罷守歸，幸無世欲患。棲止且偏僻，嬉遊無早晏。逐兔上坡岡，捕魚緣赤澗。高歌意氣在，賒酒貧居慣。時啓北窗扉，豈將文墨間。（〈野居〉，頁 507）

第一首中韋應物抒寫自己居住在郊外的情景。悠閒地曝背取暖，望著遠山的白雲，日常生活中只有有酒，其他事物皆可不管。此時的生活環境遠離是非，可以讓疏頑的本性得以發展。日夕之間流連在清澗邊，思慮也跟著逍遙、悠閒起來。第二首描述自己年輕的時候喜歡辭官，處世爲人本來就疏慢。如今得以罷官閒居在家，不禁慶幸自己沒有受到患難。現在居處的地方相當偏僻，但嬉游卻無時間早晚的限制。可以逐兔上坡岡，也可以在赤澗邊捕魚。偶而高歌一曲，或者向人賒酒，過著閒逸的生活，又何必一定要將時間花費在文墨之間呢！

　　〈幽居〉一詩更是描寫了一個悠閒寧靜的境界，反映詩人幽居獨處、知足保和的心情：

> 貴賤雖異等，出門皆有營。獨無外物牽，遂此幽居情。微雨夜來過，不知春草生。青山忽已曙，鳥雀繞舍鳴。時與道人偶，或隨樵者行。自當安蹇劣，誰謂薄世榮。（頁 497）

儘管貴賤等級不同，但是他們都得走出家門，謀生做事。說明儘管身份不同，目的不一，而奔走營生都是一樣的，韋應物在此用世人「皆有營」作背景，反襯自己此時幽居的清閒，也就是舉世辛勞而我獨閒。只有能排除外界事物牽掛的人，才有隱居生活的感情，言下之意說明：如今，韋應物能夠辭官歸來，實現無事一身輕的願望，自是滿懷欣喜。接下來連寫詩人無意於身邊景物，連發生在身邊的事情，也沒有留意，

也點出詩人此時處於閒適幽雅的心境。詩人自言有時與道士相邂逅，有時同樵夫相過從，這些都不是經常的，即言之，詩人幽居山林，很少與人交遊，心態的平靜悠閒是可想而知。最後言道自己本來就是笨拙愚劣的人，過這種幽居生活自當心安理得，怎能說自己是那種鄙薄世上榮華富貴的高雅之士呢！

　　韋應物退居的生活樣貌，又是如何？例如韋應物在〈答暢校書當〉一詩中，便描述自己歸隱種田的景況：

> 偶然棄官去，投跡在田中。日出照茅屋，園林養愚蒙。雖云無一資，樽酌會不空。且忻百穀成，仰嘆造化功。出入與民伍，作事靡不同。時伐南澗竹，夜還灃水東。貧寒自成退，豈爲高人蹤。覽君金玉篇，彩色發我容。日月欲爲報，方春已徂冬。（頁 320）

此詩建中元年冬在灃上善福精舍閒居時作（頁 321）。韋應物回答故人的詩歌當中，也透露自己閒居的情景與心態。自稱棄官後便投跡在田中，過著田園生活。居住在茅屋中，過著韜光引退的生活，爲了進修道德。雖無資產，但樽酌不曾空過。面對著農作物的欣欣向榮，感嘆起造物主的偉大。詩人出入之間都與當地的民眾爲伍，作事也與他們同調，並沒有什麼不同，可見韋應物在此時已暫時擺脫士人的身份，與當地民眾沒有身份上的隔閡。有時在南澗上伐著小竹，夜裡從灃水東歸返，一切自然，並沒有刻意追隨高人的行蹤。閱讀暢當珍貴和美好的作品，常使詩人容光煥發、心有所得。每天都想以詩歌的形式回報給暢當，但時間不知不覺從春天到了冬天。由詩中可看出，韋應物閒居在田園的生活，多在歌頌自己自由心境，以及生活的無拘無束。

　　罷官閒居的日子，少了公事的牽絆，韋應物則顯得更加自由，生活也過得隨心所欲，詩中吐露盡是詩人的悠閒心情：

> 置酒臨高隅，佳人自城闕。已玩滿川花，還看滿川月。花月方浩然，賞心何由歇。（〈灃上與幼遐月夜登西岡玩花〉，頁 429）

> 積雨時物變，夏綠滿園新。殘花已落實，高筍半成筠。守

此幽棲地，自是忘機人。(〈園亭覽物〉，頁 448)

第一首建中元年春閒居灃上時作（頁 429）。在花好月圓的夜裡，韋應物與李儋登上西岡，拿著酒，欣賞著美好的一切。花月是如此地饒富，遊賞的心怎能停歇！韋應物也懂得秉燭而遊，及時行樂的道理，與友人在夜晚過著愜意的生活。第二首大曆末、建中初在灃上閒居時作（頁 448）。韋應物在雨後的園亭中，欣賞著大自然的景物。園亭的植物經過雨的洗禮，變得更加翠綠，留著殘花的樹上已經結出果實，竹筍也在雨後更爲長高。認爲守此幽棲地，自是忘機人，言下之意，也訴說著自己是位忘機人，除去官職，在園亭中享受著自然景物的蓬勃生機。

罷官閒居的日子，除去官職身份，韋應物行爲處事顯得更爲自由、悠閒，沒有政治的牽絆，所有時間全歸詩人自行運用，加上罷官閒居的處所，通常遠離城市，少了塵世喧囂之音，多了一些寧靜的氣氛，因而閒適詩歌的書寫也增加許多。大抵來說，韋應物面對自己罷官閒居的日子顯得相當自足，因而詩歌中盡體現出閒逸的味道。

第三節　閒適詩類的創作思維進路（二）：浪遊四方的當下之適

人生活在現實中，常與現實層面有所碰觸、擦撞，產生各種緊張、迫隘的感受，然而，人的本性是嚮往自由，追求自由的生命型態，既然如此，必然要衝破侷限窒礙的現實感受，撐開內心精神世界，讓苦悶的心靈得到舒展的空間。創作閒適詩的詩人也必須在一種自由、閒適的心境下，方能進行這類詩作的書寫。因而，這節筆者打算以「遊」的心態爲切入點，探討孟浩然、李白在遊歷四方的經歷中體會出何種情懷。將探討對象鎖定在孟浩然及李白身上，主要著眼二人曾寫下一系列的詩作，在山水懷抱中排遣對人生的苦悶，重新找到自我定位，

也尋得心境的閒適、平和。

　　不論遊歷、遊玩都離不開「遊」字的意涵，因而筆者欲從中國「遊」字開展文人的自由心態。第一位爲「遊」字定義的學者爲鄭玄，首先在《禮記・學記》：「息焉，遊焉」，鄭玄注：「遊，爲閒暇無事之爲遊」，將「遊」定位在「閒暇無事」。游或遊這個字眼在中國文化變遷上是一個值得注意的議題，以及發展出的詞彙如漫遊、旅遊、遊覽等，都似乎都含有一種閒暇不務本業的概念，所以在以勤勞務本的社會體制下，遊一直是不被強調的概念。〔註62〕

　　「遊」字的意涵在安土重遷、勤勞務本的農業社會中給予負面評價，但到了屈原，給予另一種思考角度。中國第一位親身履行「遊」過程的文人當屬屈原，他在〈遠遊〉〔註63〕一文中，將「遊」定義在一種懷才不遇、不得已之下的遊，帶有無奈、惆悵之感，「去國懷鄉」的強烈情感，也深深植入中國知識份子的心中。屈原之「遊」已帶有強烈的政治色彩，因仕途不如意，轉而遠遊他方。孟浩然、李白二位文人也因不同的因素，轉而遊歷四方，徜徉在山水之中，相較於屈原充滿政治、無奈、悲情性的遊歷，是否另有一番不同的機制呈現。

一、終生不仕，縱情勝景逸趣

　　孟浩然（字浩然，689～740），早年隱居家鄉鹿門山，以詩自適〔註64〕。終身沒有踏入仕途，在李白筆下，孟浩然似乎對仕保持著一

〔註62〕邵曼珣：〈壯遊與臥遊：論明代中期蘇州文苑之遊〉，收入元培科學技術學院國文組主編：《主題文學學術研討會論文集》（臺北：萬卷樓圖書，2002年8月），頁33。

〔註63〕王逸《楚辭・遠遊序》：「遠遊者，屈原之所作也。屈原履方直之行，不容於世。上爲讒佞所譖毀，下爲俗人所困極，章皇山澤，無所告訴。乃深惟元一，修執恬漠。思欲濟世，則意中憤然，文采鋪發，遂敍妙思，託配仙人，與俱遊戲，周歷天地，無所不到。然猶懷念楚國，思慕舊故，忠信之篤，仁義之厚也。是以君子珍重其志，而瑋其辭焉」，參見宋・洪興祖：《楚辭補注》（臺北：大安出版社，1995年6月），頁245。

〔註64〕《舊唐書・文苑傳》：「孟浩然，隱鹿門山，以詩自適。年四十來遊京師，應進士不第，還襄陽」，參見同注55，頁5050。

種超然態度：

> 吾愛孟夫子，風流天下聞。紅顏棄軒冕，白首臥松雲。醉
> 月頻中聖，迷花不事君。高山安可抑，徒此揖清芬。〔註65〕

李白開頭便稱讚孟浩然高雅的氣質風度。放棄仕宦之路，過著白首臥松雲的隱士生活。常飲清酒而醉，沉迷在花草景物當中，不肯爲君王效命，德性之高超，凡人不可企及，高潔的風格實在令人敬佩。

　　孟浩然一生沒有入仕，長期過著隱士的田居生活，詩歌雖會流露對政治的熱情，申言「魏闕心常在，金門詔不忘」〔註66〕的從政心願，他關心世事，也表明願意從政，但不得其門而入，因而長期在平靜的田園中，過著恬淡、悠閒的生活。

　　少年時期的孟浩然，對隱士有著崇高嚮往，〈夜歸鹿門歌〉一詩便在描述詩人對襄陽著名賢德龐德公的仰慕之意：

> 山寺鐘鳴晝已昏，漁梁渡頭爭渡喧。人隨沙岸向江村，余
> 亦乘舟歸鹿門。鹿門月照開煙樹，忽到龐公棲隱處。巖扉
> 松徑長寂寥，惟有幽人夜來去。（頁 85）

此詩約創作於景雲二年（711）〔註67〕。光影挪動，時間流走，山寺的晚鐘響了，時光已到傍晚時分，漁梁渡頭人們爭著渡船，嚷鬧喧嘩。沿著沙岸，人們走向江畔的村落，詩人也乘著舟歸返鹿門。由此筆鋒一轉，境由歸而隱，分別從月照、巖扉、松徑等物象營造幽靜的氣氛，

〔註65〕 李白：〈贈孟浩然〉，參見唐・李白著；瞿蛻園、朱金城校注：《李白集校注》（上海：上海古籍出版社，1998 年 2 月），頁 593。此爲李白集的主要引用文本，底下再出現李白作品時，僅於引文後加注頁數，不再於註腳中說明。

〔註66〕 孟浩然〈泛舟經湖海〉一詩：「大江分九流派，淼漫成水鄉。舟子乘利涉，往來逗潯陽。因之泛五湖，流浪經三湘。觀濤壯枚發，弔屈痛沈湘。魏闕心常在，金門詔不忘。遙憐上林雁，冰泮已回翔」，參見徐鵬校注：《孟浩然集校注》（北京：人民文學出版社，1998 年 2 月），頁 39。此爲孟浩然詩的主要引用文本，底下再出現孟浩然詩作時，僅於詩作後加注頁數，不再於註腳中說明。

〔註67〕 參見劉文剛：《孟浩然年譜》（北京：人民文學出版社，1995 年 10 月），頁 15。

亦點出龐公栖隱的典故，以龐德公隱於鹿門山而終的志向自我期許，繼而烘托出隱士獨來獨往的閒淡自在。此幽人也就是書寫孟浩然自己，說明自我心境的閒適。

　　孟浩然早對隱逸之士產生欣羨之意，有與大自然為伍的念頭。因而，常有訪名山、尋名僧之舉，在尋訪過程中，體會當下的閒逸，以〈尋香山湛上人〉一詩為例說明：

> 朝遊訪名山，山遠在空翠。氛氳互百里，日入行始至。杖策尋故人，解鞭暫停騎。石門殊豁險，篁逕轉森邃。法侶欣相逢，清談曉不寐。平生慕真隱，累日探靈異。野老朝入田，山僧暮歸寺。松泉多清響，苔壁饒古意。願言投此山，身世兩相棄。（頁 1）

此詩約創作在開元十七年（729）〔註68〕，本詩的描寫，由遠山到谷口再到石門，層次井然可見。詩人清早便出門尋訪香山，然香山很遠，在那遙遠的青碧天空。詩人行經百里，翻越許多雲遮霧障的山巒，在太陽落山時方才到達香山。原本騎著馬而來，但現在改以下馬步行，找尋故人。石門險艱，竹林小道，一片靜寂。欣逢湛上人，一夜言談到天明。詩人平生仰慕的就是那些真正的隱士，為此多日來探訪奇山異水。與湛上人朝出登覽，暮夜歸寺。松下泉流發出奇異的聲響，石壁上的青苔饒有雅趣，詩人最後言道：願意投身這香山的懷抱，把一切煩惱都丟棄，有澹然忘歸之意。大自然的清靜與僧人的寧靜、淡泊性格，給予詩人一種慰藉的力量，在自然清逸的幽趣中，忘卻尋訪過程的不易，只感受到詩人豁然開朗歡愉的心境。

　　有些遊歷之作則呈顯沖淡、閒靜悠遠的韻味，如〈晚泊潯陽望香爐峰〉〔註69〕一詩：

〔註68〕香山在洛陽西南。詩云「仗策尋故人」，似非初次至此。又云：「願言投此山，身世兩相棄」情緒似較消沈，當為去越途中經洛陽時所作。同注66，頁360。

〔註69〕詩云：「挂席幾千里，名山都未逢」當為此次越中遠遊歸來經潯陽時作，創作於開元二十一年（733），見同注66，頁367。

> 挂席幾千里，名山都未逢。泊舟潯陽郭，始見香爐峰。
> 嘗讀遠公傳，永懷塵外蹤。東林精舍近，日暮但聞鐘。
> （頁 66）

先敘寫帆船航行了幾千里，竟連一座名山都沒見到的寂寥心情，繼之寫直到把船停泊在潯陽城下，才望見那挺拔秀麗的香爐峰。見到廬山，憶起晉代高僧慧遠的傳記，他那飄然出世，超脫塵俗的蹤跡令人永遠懷念不已！如今只聽得東林精舍晚鐘聲聲，餘音裊裊，含不盡之意在其中。尋訪名山當中，從而懷念隱居此間，得享清幽的古人，末句更藉著寺廟的鐘聲，令人似覺餘音滿耳，充滿著深遠意涵。

　　孟浩然生病過後的遊訪活動，依舊將此心寄託在大自然中，藉著拜訪老友及遊賞活動，體現心中的閒逸之情：

> 停午聞山鐘，起行散愁疾。尋林採芝去，轉谷松蘿密。傍
> 見精舍開，長廊飯僧畢。石渠流雪水，金子耀霜橘。竹房
> 思舊遊，過憩終永日。入洞窺石髓，傍崖採蜂蜜。日暮辭
> 遠公，虎溪相送出。（〈疾愈過龍泉寺精舍呈易業二上人〉，
> 頁 18）

孟浩然中午聽見山寺開飯的鐘聲，於是走出去散散心。依傍松林的精舍敞開著門，寺廟走廊上的僧人已經吃完了飯。行走之中，見到竹房不由思念起老朋友，因而過來閒玩了一天。不僅入洞窺看鍾乳石，還順著山崖採摘蜂蜜。一直到了傍晚時分，易業二公兩人相送而出。短暫的半天遊玩行程，沒有事先經過安排，隨心所欲，從中體現一種閒逸的生活情趣。

　　放情山水，除了游覽名山大川之外，詩人家鄉即是山水勝地，閒居也能體現孟浩然心態的閒適，在一種無政治的束縛中，表現出自由、閒逸的狀態。閒居在家的日子，一些隱士高人也來拜訪孟浩然，〈白雲先生王迥見訪〉[註70]一詩便是描述詩人閒居在家的情景及隱士友人來訪的情況：

[註70] 此詩創作於開元十七年（729），孟浩然四十一歲。詩云：「歸閒日無事，雲臥晝不起」似亦作於長安歸來之後，參見同註66，頁360。

　　　歸閒日無事，雲臥晝不起。有客款柴扉，自云巢居子。
　　　居閒好芝術，采藥來城市。家在鹿門山，常遊澗澤水。
　　　手持白羽扇，腳步青芒履。聞道鶴書徵，臨流還洗耳。
　　（頁80）

首兩句描述詩人生活無事的閒逸之狀，即使白日也高臥不起。突然有
客叩柴門，自言自己是一位隱士，居閒當中喜愛採藥來城市中，家住
在鹿門山上，喜遊山水。手持著白羽扇，腳穿著用芒草所作之鞋，遇
到詔書徵辟，也就是招隱逸，也不為所動，反以許由「臨流洗耳」的
典故，說明不願入朝為官的想法。閒臥在家的日子又有隱士來訪，更
增加孟浩然詩中的隱逸閒適之情，也表現出隱士不追求權利榮華，縱
情享受大自然與閒居之美的形象。

　　即使是地方官吏來訪，孟浩然的閒適詩依舊呈現與客人歡暢、欣
喜的氣氛，表達出閒居的日子裡享受著與友人飲酒的自適之情：

　　　府寮能枉駕，家醞復新開。落日池上酌，清風松下來。廚
　　　人具雞黍，稚子摘楊梅。誰道山公醉，猶能騎馬迴。(〈裴
　　　司功員司戶見尋〉，頁271～272)

縣府的朋友能夠屈尊到鄉里來訪，孟浩然打開家釀好酒招待之。由於太
過盡興，因而一直在池邊飲至日頭偏西。在落日的清風和主客相投的氣
氛中，妻子還端上香噴噴的食物，稚子也爬上樹採摘楊梅為客人下酒物。
詩中不僅蘊含熱烈的感情，也為平凡的閒居生活增添歡欣情致。

　　孟浩然雖然過著歸隱的生活，但生活情趣的培養也呈現多種樣貌，
有時在夏日之際享受泛舟的樂趣與清涼，或與好友沉酣在飲酒之樂
中：

　　　水亭涼氣多，閒棹晚來過。澗影見藤竹，潭香聞芰荷。野
　　　童扶醉舞，山鳥笑酣歌。幽賞未云片遍，煙光奈夕何！(〈夏
　　　日浮舟過陳逸人別業〉，頁169)

　　　山公能飲酒，居士好彈箏。世外交初得，林中契已并。納
　　　涼風颯至，逃暑日將傾。便就南亭裏，餘樽惜解醒。(〈張
　　　七及辛大見尋南亭醉作〉，頁266)

第一首描述詩人在傍晚時分，懷著閒適自在的心情，泛舟經過涼爽宜人的水亭。由澗水中的倒影看見松竹，從潭面上飄來的氣息聞到荷香。村野兒童攙扶著翩然起舞的醉酒人，山間的小鳥助興地盡情歌唱。這樣美好的光景還沒有來得及欣賞完，無奈已是一片暮色了。整詩全寫夏日幽景，充滿著賞心悅目的輕快。第二首敘述詩人與張七及辛大在一起納涼飲酒的經過。像山簡那樣放浪豪飲，又具有居士那種談箏撫琴的情趣。並形容三人交往純真樸實，隱逸之心契合相投。一同來到這陣陣涼風之處乘涼，直到太陽將落的時候。就著這南亭乘涼之處，慢慢飲完這餘酒。全詩以飲酒貫穿，飄散著一股無羈無慮的安適氣氛。

　　孟浩然雖擁有滿腔的理想抱負，終身未曾踏入仕途，正因為如此，開啟孟浩然詩作的另一個視角，到處遊歷，在親近自然山水的過程中，感受到自然之美，心境的平和，正如許總所言：「孟浩然正是因其與都城文化環境與精雅時調的一定程度的疏離才造就了獨有的疏淡清樸的詩歌風格與藝術結構」〔註71〕，孟浩然遠離都城文化，造就屬於自己的「疏淡清樸」風格。歸隱生活的平常閒居狀態，也是開啟詩人自由心態的另一面貌，友人來訪，夏日浮舟之趣以及與友人相尋飲酒等行徑，都顯示出一種閒淡飄逸的韻致，平凡安閒中體現的歡欣情致。

二、浪遊四方，珍惜當下閒情

　　李白（字太白，號青蓮居士，701～762）的政治生涯不同於孟浩然，雖然李白在政治上無正式官職〔註72〕，但對政治層面卻有實際體

〔註71〕許總：《唐詩體派論》（臺北：文津出版社，1994年10月），頁369。

〔註72〕李白在〈贈崔司戶文昆季〉中自言：「布衣侍丹墀」（頁694）。李白因賀知章等人的推薦，經唐玄宗親自召見，任為翰林供奉。傅璇琮在〈唐玄肅兩朝翰林學士考論〉一文中提到：「翰林供奉與翰林學士一樣，都是職稱，不是官名，在一般情況下應同時帶上正式的官稱……但李白作了三年供奉，什麼官職都沒有，這是很奇怪的，在當時極少見」，詳見傅璇琮：〈唐玄肅兩朝翰林學士考論〉，《文學遺產》2000年4期，頁64。可見李白雖踏入政治，卻無實際的官職，只有翰林供奉的職稱。

驗。李白主要活動於玄宗、肅宗兩朝。對於政治，李白也曾抱持滿腔熱情，天寶初年（742）秋，他應召入京，玄宗讓他供奉翰林院，起草詔誥，作為文學侍從之臣。李白原本欲在政途上有一番大作為，但高傲的態度與蔑視權貴的大膽行為，天寶三年春（744）即遭讒毀，玄宗賜金讓他還山，結束前後不到兩年的帝京生涯。李白原本對於山水就持有一份高度熱愛，自言「五岳尋仙不辭遠，一生好入名山游」〔註73〕，表明喜愛漫遊天下名山。離開長安後，李白繼續到許多地方遊歷，開啓往後漫長的旅遊之路。正因為脫離政治環境，投入名山的懷抱，在大自然洗禮下，創作具有閒逸精神的篇章，深深震撼著人們的心靈。除了兩年生活在京城，其他的歲月李白幾乎在遊歷名山大川中度過。

李白在旅遊過程中，自然不乏對自然山水景物的描繪，但外在景物的描寫並不是重點，李白只是藉由外在景色抒懷心中之情，如開元十三年（725）〔註74〕創作的〈望廬山瀑布二首〉詩作，體現出洗滌過後的明淨心靈：

> 西登香爐峰，南見瀑布水。挂流三百丈，噴壑數十里。欻如飛電來，隱若白虹起。初驚河漢落，半灑雲天裏。仰觀勢轉雄，壯哉造化功。海風吹不斷，江月照還空。空中亂潈射，左右洗青壁。飛珠散輕霞，流沫沸穹石。
>
> 而我樂名山，對之心益閒。無論漱瓊液，還得洗塵顏。且諧宿所好，永願辭人間。（頁 1238～1239）

李白登上香爐峰，望見廬山瀑布。挂流三百丈，噴壑數十里，可見面積的廣大。俯仰觀看之間，李白不禁讚嘆大自然造化的奧妙及偉大之處。李白自言本性愛好遊山，面對騰空飛瀉、雄偉壯觀的瀑布，不但不驚怖，反而心安意適。即使不是仙家的玉液瓊漿，也可以洗滌被塵

〔註73〕李白：〈廬山謠寄盧侍御虛舟〉，同注 65，頁 863。
〔註74〕關於李白詩歌的繫年，筆者參考安旗的看法，詳見唐・李白著、安旗等編：《李白全集編年注釋》（成都：巴蜀書社，1990 年 12 月），頁 48。

垢沾染的容顏。表達詩人願意從此離別喧嚷的人間，留在此地隱居。可見，詩人在觀瀑的當下，便體現心中的閒情，心靈也隨之澄靜。

　　李白對於山中生活似乎情有獨鍾，〈山中問答〉一詩透由問而不答的方式抒發懷抱，表達詩人對山居歲月的看法：

> 問余何意栖碧山，笑而不答心自閒。桃花流水窅然去，別
> 有天地非人間。（頁 1095）

此詩創作於開元十九年（731）〔註 75〕。首句以「問余何意栖碧山」問句爲開頭，但次句卻以「笑而不答心自閒」來承接。雖未正面回答，但那股幽澹清妙的幽趣，已可自「心自閒」一句中領會。最後借用陶潛〈桃花源記〉中的桃花源生活，比喻李白隱居碧山的情景，如同桃源一般，居處偏僻，別有天地非人間之感。以自然景物的悠然自在，比喻心中的機趣。全詩透過問而不答的有趣方式更能突顯詩人心靈中悠閒自適之情。

　　遊歷過程中，李白也喜歡拜訪友人隱居的環境，〈題元丹丘潁陽山居〉一詩則是李白表達對友人元丹丘山居生活的欣羨與共體閒情的逸趣：

> 仙遊渡潁水，訪隱同元君。忽遺蒼生望；獨與洪崖群。
> 卜地初晦跡；興言且成文。卻顧北山斷；前瞻南嶺分。
> 遙通汝海月；不隔嵩丘雲。之子合逸趣；而我欽清芬。
> 舉跡倚松石；談笑迷朝曛。益願狎青鳥，拂衣棲江濆。
> （頁 1439）

本詩創作於開元十九年（731）〔註 76〕。詩前有序表明李白的創作動機：「丹丘家於潁陽，新卜別業，其地北倚馬嶺，連峯嵩丘，南瞻鹿臺，極目汝海。雲巖映鬱，有佳致焉。白從之遊，故有此作」（頁 1439），先表明丹丘家周圍的景致相當可觀賞，李白來此尋故友一起出遊。詩中先描述丹丘過著遺世獨立的生活，只與仙人同群。丹丘所居之地看似偏僻，景色卻相當優美，北山、南嶺、汝海、嵩丘盡在周圍，丹丘

〔註 75〕同注 74，頁 92。
〔註 76〕同注 74，頁 206。

在其中怡然自得，令李白也不禁欣羨丹丘的清高人格與閒情逸趣，使李白也受到沾染，共倚松石，閒度日夕，因而有了與青鳥相狎而栖息江濱的念頭。

或者李白在旅遊的當下，表現自我心境的悠閒與適意，如〈遊南陽白水登石激作〉一詩所描述的：

> 朝涉白水源，暫與人俗疏。島嶼佳境色，江天涵清虛。
>
> 目送去海雲，心閒遊川魚。長歌盡落日，乘月歸田廬。
>
> （頁 1149）

本詩創作於開元二十年（732）〔註 77〕。李白描述自己來到白河的源頭，此地偏僻，有一種與世俗暫時隔絕的感覺。島嶼有著絕佳美景，廣闊的江天涵蓋著清虛之氣。目送著雲朵的變化，以一顆悠閒的心態觀覽水中之魚。一路長歌到黃昏之時，且乘著月色返回田廬。全詩主要描述李白來到幽靜之地，閒看雲朵的變化，水中之魚的景色，瀰漫著悠閒、適意的氣氛。

結束不到兩年的帝京生涯後，李白依舊過著浪跡天涯的生活，贈與友人的詩作中，依舊表明自己對隱士情懷及其閒適生活的嚮往，如天寶九年（750）〔註 78〕創作的〈贈丹陽橫山周處士惟長〉及至德二年（757）〔註 79〕創作的〈贈閭丘處士〉：

> 周子橫山隱，開門臨城隅。連峯入戶牖，勝概凌方壺。時枉白紵詞，放歌丹陽湖。水色傲溟渤，川光秀菰蒲。當其得意時，心與天壤俱。閒雲隨舒卷，安識身有無？抱石恥獻玉，沈泉笑探珠。羽化如可作，相攜上清都。（〈贈丹陽橫山周處士惟長〉，頁 609）
>
> 賢人有素業，乃在沙塘陂。竹影掃秋月；荷衣落古池。閒讀山海經，散帙臥遙帷。且酣田家樂；遂曠林中期。野酌勸芳酒，園蔬烹露葵。如能樹桃李，爲我結茅茨。（〈贈閭

〔註 77〕同注 74，頁 247。

〔註 78〕同注 74，頁 920。

〔註 79〕同注 74，頁 1396。

丘處士〉，頁 801 ）

第一首先描述周處士隱居在橫山之景，開門便見丹陽，連綿的山峰也圍繞周圍，其勝景還凌駕方壺之山。次寫周處士生活之景：時常花費精力創作白紵詞，或者在丹陽湖畔盡情唱歌。丹陽湖的水色可傲視溟海及渤海，山川的明媚比湖澤還秀麗。周處士放懷山水之中，心與天地無所距離。心境如同閒雲般舒散，保持自己的本色，不爲外在爵祿所惑，甘願沒入深淵之中，過著隱居生活。詩人讚嘆之餘，也希望日後羽化成仙後，可以與周處士一同上清都。第二首讚美闓丘處士有其清白的操守，將別業築居在沙塘陂，與竹子、荷花爲伴，過著清高自守的生活。有時開書帙，閱讀山海經，時而沉溺於田園之樂，飲著酒，食用園中之蔬茱。詩人稱美丘處士居處的幽清閒寂之餘，也興起效法之心，想過著隱居田園的生活。李白藉由這兩篇詩作，表明追求閒適生活的願望，而閒適生活的環境必須遠離城市喧囂，在自然美景中過著自由、悠閒的自適生活。

　　歷代著名詩人若論遨遊天下之久，周歷九州之廣、耽情山水之深，實無出李白之右者。〔註80〕雖然李白與王維、孟浩然一樣，創作大量的山水詩，但李白對山水的熱愛遠超過王孟二人。由上述的討論也可得知，李白喜愛到名山中遊玩，結交的朋友也多爲自稱山人或幽人者，這也代表著：當他在此一心靈聖地追尋生命的安頓與和諧時，根本是有意與俗人群隔絕的。〔註81〕遊歷名山的過程其實也是李白尋找心靈依託的方式，政治環境並不適合他的個性，他只能浪遊四方，在尋幽訪勝，拜訪隱逸之士的歷程中，享受片刻的閒適之情。之後，再次展開他的另一段旅程，在不斷的追尋之中，尋求生命的本質與開放的心靈，唯獨在遊歷的當下，才可能展現詩人片刻的悠閒心境，閒適詩也始有創作的契機。

〔註80〕章尚正：《中國山水文學研究》（上海：學林出版社，1997 年 9 月），
　　　　頁 152。
〔註81〕參見同注 2，頁 42。

第四節 閒適詩類的創作思維進路（三）：公餘之暇的自適之道

　　儒家講究負責、承擔的精神，傳統士人在傳統儒家浸濡下，身背個人修養、社會及政治責任，「儒學的境界是承擔的精神，但除此之外，有限生命也有自養的需要，道家的閒適情趣就有一定的意義。楊朱的『貴生』其實也是這個意思」〔註82〕，以往對楊朱思想總套上放縱情慾的色彩，但若從生命本質來看，本就有「動」與「息」的兩面，除了積極追求知識、理想外，身心也應該有休息的需要，當肆情順性，以盡當生之樂，這便是楊朱提倡的精神精髓〔註83〕。對於身兼政府官員的文人而言，繁重的公務常讓他們處在壓力之中，若能趁爲公閒暇之餘或者退公之餘，放鬆心情，享受日常生活情趣，拋開日常公務，身心便處在一種自由狀態，心靈也隨之得到解放。

　　因而，從閒暇當中也開啓另一個議題──「休閒」，詩人既然利用閒暇時間遊歷山川，創作詩歌，此時從事的活動已脫離現實生活中的社會角色、地位以及責任，以一個旅遊者的姿態徜徉在大自然中，享受自然之趣，正所謂「偷得浮生半日閒」。這種概念的闡發便是「休閒」的開端，美國學者托瑪斯・古德爾在《人類思想史中的休閒》一書提到對「休閒」的定義以及涉及到的問題：

> 休閒是從文化環境和物質環境的外在壓力中解脫出來的一種相對自由的生活，它使個體能以自己所喜愛的，本能地感到有價值的方式，在內心之愛的驅動下行爲，並爲信仰

〔註82〕勞思光口述、王家鳳記錄：〈閒談閒適〉，《光華》23 卷 4 期，1998年 4 月，頁 36。

〔註83〕《列子・楊朱》中提到：「太古之人知生之暫來，知死之暫往。故從心而動，不違自然所好，當身之娛，非所去也，故不爲名所勸」、「十年亦死，百年亦死，仁聖亦死，凶愚亦死。生則堯舜，死則腐骨。生則桀紂，死則腐骨。腐骨一矣，孰知其異？且趣當生，奚遑死後」，詳見周・列禦寇撰、後魏・張湛注：《列子》（臺北：中華書局，1982年 11 月），頁 3。

提供一個基礎。〔註84〕

西方開展出的「休閒」觀念是從外在壓力中解放出來的一種自由方式，其前提是主體主動喜愛，本能對此感到有價值，卻不帶有任何功利目的。並且西方的休閒概念還涵蓋著信仰，有其特殊文化背景下的產物。

不僅「休閒」的概念是如此，「閒暇」亦有一定的文化基礎，節目的慶祝活動可以說正是閒暇的起源，換言之，閒暇的眞正核心所在是「節目慶典」〔註85〕。雖然閒暇在西方有有特殊文化背景，但其精神取向卻是值得深入思索的議題：「閒暇的態度不是干預，而是自我開放，不是攫取，而是釋放，把自己釋放出去，達到忘情的地步，好比安然入睡的境界」〔註86〕，自我開放，釋放自己，才能眞正達到身心自由，也符合中國人提倡自由、閒適的方式。

此節探討的閒適詩人主要是王維及韋應物二人，擇選的依據在於，兩人皆有爲官的經驗，也懂得利用爲官閒暇之際，開展個人的生活空間，只是基於詩人個人情性的不同，以及爲官經歷的差異，創作的閒適詩也有不同的風格取向，底下探究這一類型的詩人書寫的風格取向，如何在工作之餘展開閒暇活動。

一、亦官亦隱的莊園自適生活

王維（字摩詰，700～761）一生多才多藝，精通詩文、書畫、音樂，其詩歌創作與生活經歷、仕途遭遇有著密不可分的關係。早期的王維有積極的人生態度和政治抱負，到了晚年詩歌風格轉向平淡的風格，《舊唐書》本傳說：「弟兄俱奉佛，居常蔬食，不茹葷血，晚年長

〔註84〕（美）托馬斯・古德爾、杰弗瑞・戈比著；成素梅等譯：《人類思想史中的休閒》（昆明：雲南人民出版社，2002年1月），頁11。

〔註85〕閒暇文化與節目慶典、崇拜儀式的關連性，可參見尤瑟夫・皮柏（Josef Pieper）著、劉森堯譯：《閒暇文化的基礎》（臺北：立緒文化事業，2003年12月），頁118～132。

〔註86〕同注85，頁93～94。

齋，不衣文綵……在京師日飯十數名僧，以玄談爲樂。齋中無所有，唯茶鐺、藥臼、經案、繩床而已。退朝之後，焚香獨坐，以禪誦爲事」〔註87〕，早年時期的王維便已信奉佛教，只是越到晚年，更是以此爲重，不問世事，晚年便在信佛、寄情山水中度過。晚年創作風格的轉變除了宗教因素外，政治因素也是王維考量的重點，天寶十四年（743），安祿山反，王維當時任「給事中」之職，不幸遭逆賊俘虜，雖服藥下痢，僞稱瘖病，但卻仍被迫在叛軍之下任官，這種屈辱又沒有即時殉節的行爲，讓其生命蒙上陰影，少年時期隱居的潛藏因子，慢慢浮現出來。雖然王維嚮往歸隱山林的生活，但終其一生幾乎都在爲官中度過，直至臨終前一年，仍任尚書右丞的高官職位。王維雖然也有辭官隱居的時候，但畢生多半時間都在爲官，這種亦官亦隱的背景，賦予閒適詩不同的味道。

　　王維在公餘時常歸隱到終南山和輞川別墅，透露出希望棄官歸隱，過著恬淡生活的心聲。王維在藍田輞川買得宋之問別墅，以後就常在這裡棲居。據王維集中的詩文和其他史料考察，王維一生隱居過幾個地方，但在輞川過著半官半隱的時間最長，也最能體現詩人閒適生活的情調。首先，〈輞川閒居〉一詩表達詩人寧願在園林中歸隱的念頭：

　　　一從歸白社，不復到青門。時倚檐前樹，遠看原上村。青
　　菰臨水拔，白鳥向山翻。寂寞於陵子，桔槹方灌園。〔註88〕

詩人自敘從白社歸來，便不想到長安去了，寧願在輞川別墅隱居，也不願回到長安政治之地。在輞川別墅這裡，門前有樹，不時可倚，可以看望曠遠平原上的數點疏村。青綠的菱白在水中掩映成趣，白色的群鳥在山前翻飛遨翔。王維並以戰國的陳仲子爲喻，表明自己自甘靜處不問世事，寧願在井上汲水灌園，享受閒居與大自然的野趣。

〔註87〕同注55，頁5052。
〔註88〕參見唐・王維撰、清・趙殿成箋注：《王摩詰全集箋注》（臺北：世界書局出版社，1996年6月），頁98。此爲王維詩歌的主要引用文本，底下再出現王維詩作時，僅於引文後加注頁數，不再於註腳中說明。

　　王維的輞川別業風景十分優美，王維在〈輞川集序〉有言：「余別業在輞川山谷。其遊止有孟城坳、華子岡、文杏館……竹里館、辛夷塢、漆園、椒園等。與裴迪閒暇，各賦絕句云爾」（頁188～189），在風景絕佳的園林中，與好友一同分享閒暇之情，並用詩歌的形式寫下當地的美景與心中感受，此時閒適詩正體現王維內心追求安適與平靜之情：

　　　　空山不見人，但聞人語響。返景入深林，復照青苔上。（〈鹿柴〉，頁190）

　　　　颯颯秋雨中，淺淺石溜瀉。跳波自相濺，白鷺驚復下。（〈欒家瀨〉，頁193）

　　　　木末芙蓉花，山中發紅萼。澗戶寂無人，紛紛開且落。（〈辛夷塢〉，頁195）

第一首描寫空寂的山裡不見人影，只聽到友人說話的聲響。夕陽返照透過幽深的叢林，又投射在青苔之上。寫鹿柴黃昏即事，並有聲音烘陪，更增加了山中的靜趣，詩人就沉浸在靜謐的氛圍當中，享受寧靜的趣味。第二首敘寫在颯颯的秋雨聲中，山泉急速地向下流瀉。跳動的浪花相互激濺，白鷺驚起又緩緩落下，一切又歸於寧靜。第三首描述長在樹梢像芙蓉的辛夷花，在山中綻開了紅色的苞萼。山澗邊卻寂靜無人踪，只有花兒紛紛自開自落。三首詩中，王維俱以客觀的態度寫景，即使在孤寂的環境中，也能看到自然生態的美。一切顯得如此靜謐，也顯示詩人內心的寧靜與閒適。

　　同樣是過著隱居生活，因身份、生活條件的不同，體現的情調也相差甚多，例如陶淵明歸隱田園，實實在在成了一位躬耕的農夫，詩歌中體現田園生活的各種甘苦；王維則是一個擁有莊園的人，並沒有深刻體會農耕的勞苦。「他是一個比較富足的、追求山水田園隱逸生活情致以使精神獲得滿足的人，古代隱士那種閒散慵懶的情調就在他身上存在著……因此他可以比陶淵明生活得更閒適，他在田園中的生

活感受，幾乎都是美好的」〔註89〕，以〈田園樂七首〉為例說明：

> 萋萋芳草春綠，落落長松夏寒。牛羊自歸村巷，童稚不識
> 衣冠。（頁 200）

> 桃紅復含宿雨，柳綠更帶春烟。花落家童未掃，鶯啼山客
> 猶眠。（頁 201）

第一首描述詩人在田園中所見之景：萋萋芳草在春天吐綠，落落長松
在夏日生寒；羊牛各自歸回村巷，兒童不認識官人。田園生活依循著
大自然的步調運行，一切顯得如此純樸、自然。第二首描述詩人閒適
高眠之態：桃花紅潤還帶著夜雨，柳色新綠更帶著春天的霧氣，落花
滿地家僮尚未掃，黃鶯啼曉山客仍高眠不起。詩中流露出王維與田園
構成一個和諧的狀態，並從中得其自在之情。

　　王維的田園詩中呈現出田家景色的美好以及詩人主體的和諧心
態，至於王維閒居生活的樣貌又是如何，充滿怎樣的情趣，試看〈終
南別業〉及〈納涼〉二詩敘述的：

> 中歲頗好道，晚家南山陲。興來每獨往，勝事空自知。行
> 到水窮處，坐看雲起時。偶然值林叟，談笑無還期。（〈終
> 南別業〉，頁 28）

> 喬木萬餘株，清流貫其中。前臨大川口，豁達來長風。連
> 漪涵白沙，素鮪如遊空。偃臥盤石上，翻濤沃微躬。漱流
> 復濯足，前對釣魚翁。貪餌凡幾許，徒思蓮葉東。（〈納涼〉，
> 頁 54）

第一首詩人自言中年時期便很愛好佛理，晚年就卜居終南山畔。興致
來時便時常一人遊山，美好的景物，快意的感受只有自己心知。走到
山窮水盡的地方，林谷深處，悠閒地看著白雲升起，寫盡了詩人寄情
山水泉石的意趣。偶然碰到林中之叟，縱情談笑，哪會想到歸期。此
詩順應自然，尋求與自然默契的勝境，也道出詩人閒居時的閒適心情。
第二首描述此地有萬餘株的喬木，也有著清流貫穿其中。因為前臨大

〔註89〕 李亮偉著：《涵泳大雅──王維與中國文化》（北京：中華書局，2003
　　　　年 10 月），頁 67～68。

川之口，因而開豁之地，空氣流暢，長風徐徐吹來。詩人在其中濯足納涼，愜意與河邊垂釣者對望，再閒聊幾句，此刻的時光多美好。

　　王維的閒適詩總是充滿一種閒靜的氣氛，這是因為詩人對周遭之景物善於捕捉瞬間的影像，用其細膩的筆法陳述出來，如圖畫一般展現在人們面前，難怪蘇軾言：「味摩詰之詩，詩中有畫」，此言實在不假。〈皇甫岳雲谿雜題五首〉便具有這樣的旨趣：

> 人閒桂花落，夜靜春山空。月出驚山鳥，時鳴春澗中。（〈鳥鳴磵〉，頁 188）

> 春池深且廣，會待輕舟迴。靡靡綠萍合，垂楊掃復開。（〈萍池〉，頁 188）

第一首敘述山中人閒看桂花自落，夜晚寧靜春山一片虛空。月亮出來卻驚動了山鳥，不時地在山澗中啼鳴。全詩寫澗中景象，兼顧視覺及聽覺印象，營造出整體的夜靜氣氛。第二首描寫春日池塘深又廣，專心等待小舟在其間迴旋往還。原本春池上的一層青萍，被輕舟所分開，等待輕舟回來後，被分開的青萍又密合地攏在一起。誰知春風吹來，低垂的楊柳拂掃過水面，又把青萍分開了。此詩善於描寫細小景物在片刻間的情態。詩人能對周遭之物進行深刻、細膩的觀察，也代表詩人主體是處在一種閒適的心境下，進行敏銳的審美感受。

　　王維詩中除了較靜態描述閒居生活樣貌外，也常有泛舟遊覽之作，詩中呈現的也是在閒適心境下，表現的遊玩之樂，也可看出王維的山水興致：

> 落日山水好，漾舟信歸風。玩奇不覺遠，因以緣源窮。遙愛雲木秀，初疑路不同。安知清流轉，偶與前山通。捨舟理輕策，果然愜所適。老僧四五人，逍遙蔭松柏。朝梵林未曙，夜禪山更寂。道心及牧童，世事問樵客。暝宿長林下，焚香臥瑤席。澗芳襲人衣，山月映石壁。再尋畏迷誤，明發更登歷。笑謝桃源人，花紅復來覿。（〈藍田山石門精舍〉，頁 26）

> 言入黃花川，每逐青溪水。隨山將萬轉，趣途無萬里。聲

> 喧亂石中，色靜深松裏。漾漾汎菱荇，澄澄映葭葦。我心
> 素已閒，清川澹如此。請留盤石上，垂釣將已矣。(〈青溪〉，
> 頁 27)

第一首寫泛舟攬勝之景，精舍的幽雅，誘使詩人重遊之念。落日時分山水更加美好，蕩起輕舟任憑晚風吹送。玩賞奇景時不覺深入已遠，於是順水探尋溪源幽境。經歷一番探尋，卻沒有想到竟與前山連通。詩人拄起輕便手杖舍船上岸，所去之處果然令人感到愜意。見到四五個年老的僧人，在松柏蔭下從容談笑。在此地早晨誦經，林間尚未透曙光，夜晚參禪則山中更顯寂靜。牧童也受到禪心影響而變得寧靜，關於世事則盡在與山上樵翁的問答中。入夜僧侶在林帶下住宿，焚著香在臥席上仰對星空。再來尋找這裡恐怕迷路，天一亮啟程前當再登臨，笑著向這些桃源人告辭，等到花紅時候再來相尋。詩人彷若像陶淵明一般進入桃花源，見到與世隔絕之人，這一段旅程不僅進入絕佳之地，也讓詩人的心靈感受到靜謐的氛圍。第二首描寫青溪美景，並寫出身在此中的安恬心情。逐步順著青溪走，水隨山勢千回百轉，走過道路還不到百里，穿行亂石發出喧嘩聲響，水色在茂密松林中格外澄碧。微波蕩漾漂浮著菱荇的大小圓葉，溪水澄明倒映出岸上的參差葭葦。詩人自言其心緒平素已經安恬，青青溪水又是如此淡謐，何不留在水邊的石上，悠然垂釣終老於此地。

　　王維的隱逸具體而言，是一種半官半隱的形式，儘管在前述詩中表現對現實的不滿，欲脫離官場的願望，以及描寫被山水田園風光所陶醉的情懷，但王維畢竟沒有真正離去，雖然詩人沒有真正離開政治環境，但依舊可以創作出為數不少的閒適詩，可見他認為「仕」與「隱」的觀念是不衝突。除了詩人的內在因素，外在莊園的條件，也讓居官尚隱的文人提供一個良好的生活環境以及創作園地。王維雖經歷過安史之亂，但在其閒適詩筆下，所刻畫出的形象是：「對社會現實採取漠不關心的態度，超塵絕世，陶醉於自然的美景中……

這裡所有的只是官吏豪門賦閒生活中的悠遊自在」〔註90〕，呈現在讀者面前的詩人形象永遠是那麼優雅自在，在園林中靜坐、觀賞自然景物、賦詩吟詠，在不急不迫的氛圍中，與自然渾爲一體，並體現出詩人悠然自得的心境。

二、公餘之暇的悠遊自得生活

　　韋應物的仕宦道路是一次次地出仕，一次又一次地罷官，天寶十年（751）至天寶末，在長安爲玄宗侍衛。大約在代宗廣德元年（763），爲洛陽丞，有詩反映戰亂後洛陽的殘破情況。大曆九年（774）在長安爲京兆府功曹參軍，又攝高陵宰。十三年（778）爲鄠縣令。次年（779），自鄠縣令除櫟陽令。建中二年（781）除尚書比部員外郎，三年（783）夏，由尚書比部員外郎出爲滁州刺史，秋至任。貞元元年（785）秋爲江州刺史，三年（787），由江州刺史入朝爲尚書左司郎中，四年（788）七月以後，由左司郎中爲蘇州刺史。〔註91〕韋應物有實際的當官經驗，加上生活的時代正值安史之亂前後的時期，因而韋應物的詩歌有一部份也描寫對國家大事及政治的關心，除此之外，其詩歌風格在當時卓然不群，自成一家。白居易就推崇他的五言詩「高雅閒淡，自成一家之體」，李肇在《國史補》中給予：「韋應物立性高潔，鮮食寡欲，所居焚香掃地而坐」〔註92〕高潔隱士形象，「高雅閒淡」不僅指詩歌風格，也與詩人形象相符。

〔註90〕王運熙〈王維田園山水詩的審美價值〉：「這裡所刻劃的詩人，對社會現實採取漠不關心的態度，超塵絕世，陶醉於自然的美景中，它也不像陶詩那樣在表面的恬淡中包藏著對現實的消極反抗，表現了中下層知識份子的憤慨：這裡所有的只是官吏豪門賦閒生活中的悠遊自在，因此在思想內容上就談不到有什麼社會意義」，參見王運熙〈王維田園山水詩的審美價值〉一文，收入伍蠡甫編：《山水與美學》（臺北：丹青圖書，1987年1月），頁357。

〔註91〕關於韋應物的生平事蹟考，筆者參考傅璇琮〈韋應物繫年考證〉一文，參見同註61。

〔註92〕參見唐‧李肇：《新校唐國史補》（臺北：世界書局，出版年月不詳），頁55。

　　韋應物為官期間，常利用閒暇時間進行宴會活動，以〈與韓庫部會王祠曹宅作〉一詩為例說明：

　　　　閒門蔭堤柳，秋渠含夕清。微風送荷氣，坐客散塵纓。守
　　　　默共無悋，抱沖俱寡營。良時頗高會，琴酌共開情。〔註93〕

此詩約大曆十二年早秋在長安作，詩中描述韋應物與王祠曹在宅院內聚會的情形。在堤柳下、秋渠邊進行宴會，陣陣微風送來荷花的香氣，坐客紛紛解開冠帶，不受拘束。大家都拋開俗事，心中保持著清靜沖淡的胸襟，無所營求。既然適逢良辰吉日，大家更應該以琴酒共歡，盡情享受宴會的快樂。

　　除了聚會外，韋應物也趁著公事之暇進行外出的遊玩活動，例如〈東郊〉一詩便是敘寫春日郊遊的情況：

　　　　吏舍跼終年，出郊曠清曙。楊柳散和風，青山澹吾慮。依
　　　　叢適自憩，緣澗還復去。微雨靄芳原，春鳩鳴何處。樂幽
　　　　心屢止，遵事跡猶遽。終罷斯結廬，慕陶真可庶。（頁463）

此詩約大曆末年長安京兆府功曹任上作。首先敘寫韋應物終年拘束在官邸裡，一到郊原，在清幽的曙色中得以精神舒暢。楊柳在春風吹拂下，飄飄柔柔，青山淡淡，可以減輕詩人的憂愁。詩人本身隨意在花樹叢中休息，或沿著溪澗來回散步，欣賞大自然的風光。春雨霏霏，滋潤郊原的芳草，春鳩不知在哪裡發出時隱時現的啼聲。詩人自言在清幽的地方遊玩，最使自己快樂，常常捨不得離開，雖有退隱歸家的打算，但現在而言還太早，詩人希望晚年去官後，能學陶淵明那樣結廬隱居，過著閒適恬淡的生活。全詩描述春日出遊的快樂當中，也透露詩人寄望晚年辭官歸隱，過著平淡閒適的日子。

　　炎炎夏日，農事開始忙碌，韋應物郡宅內的閒暇之日反而增多，於是趁著中午時分，偷閒至池塘邊，享受短暫的清涼：

〔註93〕參見唐・韋應物著；陶敏、王友勝校注：《韋應物集校注》（上海：上海古籍出版社，1998年12月），頁48。此為韋應物詩歌的主要引用文本，底下再出現韋應物詩作時，僅於引文後加注頁數，不再於註腳中說明。

畫晷已雲極，宵漏自此長。未及施政教，所憂變炎涼。公
門日多暇，是月農稍忙。高居念田里，苦熱安可當。亭午
息群物，獨遊愛方塘。門閒陰寂寂，城高樹蒼蒼。綠筠尚
含粉，圓荷始散芳。於焉灑煩抱，可以對華觴。(〈夏至避
暑北池〉，頁 479)

此詩約在滁、江、蘇等刺史任上作。描述季節來到夏至，日晝最長，
天氣也最悶熱。韋應物趁著公事較爲閒暇之際，在中午時分來到一方
池塘乘涼。翠綠的鮮竹尚且含粉，池中的荷花香氣也正散開著，在此
閒坐不僅可以洗去煩憂，還可以酌酒一番。

　　到底韋應物退公之餘心態的呈現是如何，試看詩人在詩中對閒居
樣態的心境闡述：

滿郭春色嵐已昏，鴉栖散吏掩重門。雖居世網常清淨，夜
對高僧無一言。(〈縣內閒居贈溫公〉，頁 105)

棲息絕塵侶，孱鈍得自怡。腰懸竹使符，心與廬山緇。永
日一酣寢，起坐兀無思。長廊獨看雨，眾藥發幽姿。今夕
已云罷，明晨復如斯。何事能爲累，寵辱豈要辭。(〈郡內
閒居〉，頁 496)

第一首大曆十四年春在鄠縣令任上作。韋應物在傍晚時分書寫自己內
心的閒適之情。表明自己雖然居住在塵世之間，但心中常保清靜，不
受俗事束縛，即使夜晚對著高僧也能無言以對，進行心靈上的交流。
第二首當貞元初作於江州。說明自己棲息在郡齋內隔絕一般的俗客，
自己本性的孱弱遲鈍反得自怡之心。自己雖然腰帶間佩帶著刺史符信，
但心中卻與廬山僧人同類。經常過著酣寢的日子，即使醒著，心中也
無所思。在長廊中獨自看著外面的雨景，觀看外面的藥草綻放出迷人
的幽姿，今夕如此，明晨之後亦是這樣，自認沒有俗事可以牽絆，對
於外在的寵辱也不以爲意。韋應物即使身爲官員，但常保留一己私人
空間，讓心靈自由呼吸，不受俗事拘束，心境也得以閒適。

　　韋應物也利用閒暇時間，培養自己的興趣，例如本身便喜歡閱讀
神農書，因而對藥草之名相當熟悉，自己也決定親自種藥草，享受其

中的樂趣：

> 好讀神農書，多識藥草名。持縑購山客，移蒔羅眾英。不
> 改幽澗色，宛如此地生。汲井既蒙澤，插榬亦扶傾。陰穎
> 夕房斂，陽條夏花明。悅玩從茲始，日夕繞庭行。州民自
> 寡訟，養閒非政成。（〈種藥〉，頁 522）

本詩約建中末在滁州刺史任上作。韋應物因爲好讀神農書，因而對藥
草之名都不陌生，便用細絹購買了杜鵑藥苗，移至宅內栽種。移植的
效果相當不錯，彷若杜鵑就是生長在這裡。詩人對藥苗澆水、固根，
並對嫩芽遮陰照顧。對藥草的悅玩之心從此開始，早晚都要繞庭而行，
欣賞它們。也因爲當地的州民少有訴訟之事，因而韋應物可以有較多
空閒的時間培養自我的興趣，過閒適的生活。

　　韋應物趁著爲官閒暇之際，暫時拋開惱人的政治公務，將自身從
日常事務中抽離，享受片刻的閒暇。有時就地取材，便在郡齋內進行
宴會、避暑、種藥等放鬆身心的行爲，甚者，出外遊玩。韋應物做爲
地方官詩人就在中國詩史上建立起一個基本主題同時也是一種詩歌
類型──郡齋詩〔註94〕，地方官的生活與郡齋環境分不開，日常辦公
在此，生活起居也在此，郡齋具有政治以及生活兩方面特質〔註95〕。
因而，詩人可以在郡齋內處理政治事務，也可以趁著爲公閒暇之際，
在郡齋內悠遊自得，後者便是閒適詩產生的背景因素。

〔註94〕詳見蔣寅著：《大曆詩人研究》（北京：中華書局，1995 年 8 月），頁
　　　　98。

〔註95〕侯迺慧在〈唐代郡齋詩所呈現的文士從政心態與困境轉化〉一文中
　　　　有提到「郡齋」的相關概念，例如：「『郡齋』一詞，從唐代開始，
　　　　在詩歌作品中頗爲常見。它指的是各州郡刺史及其官員們處理公務
　　　　的所在地」、「由於唐代的地方官員在遷調方面非常頻繁，派任某州
　　　　縣只是暫時的工作，這些士大夫們多半不會在當地購屋置產，因此
　　　　任職期間的居住多由公家提供。爲了便於辦公與居家間不必奔波勞
　　　　苦，地方官署所提供的居住地點（宿舍）就在郡齋之內」，參見侯迺
　　　　慧：〈唐代郡齋詩所呈現的文士從政心態與困境轉化〉，《國立政治大
　　　　學學報》第七十四期，1997 年 4 月，頁 2、3。

第五節　小結

在此章中筆者欲探究詩人在何種背景及心態下，創作閒適詩，換言之，詩人如何在不同際遇與遊歷中展現閒適之情。綜上所論，歸結「閒適」意識的形成與閒適詩類的溯源時，有下列幾點值得注意的現象：

第一，欲探討閒適詩的起源發展，必先對「閒適」一詞有明確的界定，依此標準擇選適合的詩人及詩作進行討論。首先，「閒適」一詞由中唐詩人白居易提出，將退公閒暇之際書寫有關個人情性的詩作列爲閒適詩，具有明確的指涉意涵。但到了元代方回身上，對於閒適詩的定義又有所不同，將閒適詩定位在文人隱居生活中的書寫類型，至於文人爲公閒暇書寫的詩作，大都列入「宦情」類。雖然元回認定的閒適多在郊野之中，但也有一些是包含城府朝市中所體現的閒適精神。「閒適」是一種心靈狀態，在何種身份及情境下被書寫，在不同文人身上有不同觀點的發揮。筆者根據白居易與方回對閒適詩的理論，作一番探析工作，發現白居易對詩歌的分類著重在內容差異，而方回卻著眼在身份的不同。既就閒適詩做探源工作，便不論詩人創作詩歌所屬的身份爲何，只要把握住閒適詩的精神，俱在討論範圍之列。

第二，眾多研究指出，山水及田園環境適合詩人書寫閒適詩類，因而田園山水詩是筆者欲先考察的對象，從中找出中國第一位創作具有閒適情調的文人——陶淵明，在躬耕田園的生活裡，歌詠平和、悠閒的生活情趣，至於同時代的文人雖也有一些零星之作，但因數量及特質不如陶淵明鮮明，筆者在此不討論。至於唐代創作閒適詩的詩人（包含在白居易之前或與之同時代的詩人），考察的依據來源有三：古代詩論家的評論、方回在閒適類及宦情類中含括的詩人、近代學者對閒適詩的研究，從中確立閒適詩類的探討範圍，舉出孟浩然、王維、李白、杜甫、韋應物、柳宗元等人。但在不同的學者身上，發掘詩人的閒適詩歌也有所不同，筆者舉方回、楊承祖以及歐麗娟的研究作一番說明，呈現各家學者對閒適詩的取擇標準有所不同。

　　第三，根據這些詩人創作的閒適詩中，筆者試圖歸納創作閒適詩的思維，首先探討第一種層面：安於當下的自足生活。主要探討對象有：陶淵明、杜甫、柳宗元以及韋應物四人，主要著眼詩人不論政治因素或者個人因素離開中央政治環境，都能安於當下，以目前的生活型態自足，從中體現閒適之情，創作出閒適詩歌。不同的是因個人情性的不同，體現出的閒適之情也有所差異。大體而言，陶淵明創作的閒適詩的道路是一種回歸田園，尋求俯仰自得的道路，陶淵明從「士」的身份跨越到「農」，也從政治場域回歸到耕作空間，從耕種中體驗生活的甘苦。農耕之餘，對自然景物以及內心體會有一番陳述，書寫在詩歌中便是閒適情調的呈現。即使回到田園耕種，回歸農夫身份，但陶淵明依舊持著文人身份創作閒適詩，訴說他在田園生活的體會。另一位躬耕的文人——杜甫，因政治、社會因素，到處過著流寓生活，好不容易在成都及夔州有著短暫的安定歲月。閒靜、平和的心境，豐饒的地理環境，孕育杜甫創作閒適詩的園地。雖然杜甫在流寓中仍不忘國家大事，但在這些閒適詩中，杜甫可說難能可貴地呈現出平和、安定、閒適的情緒。因而杜甫創作閒適詩的歷程也是一條棄官遠遊，耕讀自足的道路。柳宗元雖遭受貶謫命運，但卻能在大自然中轉化自我心境，不再為政治命運而悲傷，替自己在山水之中尋得樂趣與安慰。雖謫居荒癘，但企圖在自肆山水中的道路中，體現閒適的情調，放懷政治得失，投身在山水閒趣當中。相對於柳宗元的貶謫，韋應物的罷官則顯得自在許多，閒居在家，脫離政治官員身份，能安善運用自己的閒暇時間，在一種罷官閒居、知足心態下，暢言自我身心的閒適。

　　第四，閒適思維的第二種層面：浪遊四方的當下之適。孟浩然及李白對政治並不趨之若鶩，因而孟浩然四十歲之前隱居在家鄉鹿門山，直到四十歲才考進士，但因求仕不遂，因而長期浪遊四方，過著恬淡、悠閒的生活。不論遊歷四方或歸隱閒居在家的生活型態，孟浩然總在其中尋找閒逸之趣，創作出具有閒適情調的詩歌。至於

李白，過了不到兩年的帝京生活，遭玄宗賜金還山，邁入長安之前的歲月本就經常在四方遊歷，因而離開長安後，李白繼續到許多地方遊歷。遊歷過程中，在尋名山、訪山人的活動當下，體現出李白獨特的閒適之情。

第五，閒適思維的第三種層面：公餘之暇的自適之道。現今工業社會，除了工作領域，休閒活動則是基於養生生發出的概念，鼓勵人在工作閒暇之餘能夠善加利用時間，開發自己的興趣，作爲日常生活的調劑品。雖然「休閒」、「閒暇」的概念由西方人提倡，但仍適用在中國文人身上。文人利用日常辦公之餘創作閒適詩，其實便是「閒暇」觀念的開展，不限地點，也不限時間，只要保持心態的悠閒，也能賦詩吟詠「偷得半日浮生閒」的樂趣。取王維與韋應物爲探討對象，王維幾乎在半官半隱中度過一生，雖然擁有官職，但王維的心卻常保持隱居的狀態，加上輞川別居的外在條件，更讓王維雖身爲政府官員，但已儼然成爲一個隱士，在自我的天地中品味人生，細看自然景物，與自然渾爲一體，過著亦官亦隱的莊園自適生活。至於韋應物則利用爲官閒暇之餘，開發自己的興趣，在宴會、外出遊玩的活動中，體現出悠閒自得的樣貌。

第六，在陶淵明與杜甫閒適詩中，二人都擅長表現日常生活層面，但陶淵明表現得較狹窄，跟杜甫相比，只能算是開端。杜甫表現面更爲廣闊，更重要的是，杜甫馬上有了繼承人，從元和時代的韓愈、白居易到兩宋的所有重要詩人。〔註96〕「日常生活」這個文學議題從杜甫開始被發揚光大，中唐詩人白居易承繼這項特點，並在閒適詩當中發揮淋漓盡致，關於這方面的論述，有待底下幾章的探討。再者，王維的「吏隱」概念也影響白居易閒適詩的創作。王維體現的特點正如許總提出的概念：「朝中的庸俗應酬與山林的超脫情味這兩種截然不

〔註96〕呂正惠：〈杜詩與日常生活〉，收入呂正惠著：《杜甫與六朝詩人》（臺北：大安出版社，1989 年 5 月），頁 200～201。

同的環境與氛圍，在王維身上卻得到較爲自如的處理」〔註97〕，如何在爲官當中保留文人身分，書寫文人性格，也將是白居易閒適詩所要處理的議題。

陶淵明身處在動亂的時代，上述討論的唐代詩人群，大都也經歷過安史之亂的動盪，在不安的環境，文人理當對國家政治有更深一步的關懷，但筆者不從這個角度切入考察詩人的政治社會角色，而是從梳理個人情性的角度考察詩人如何回歸內心世界，以此應對喧囂不已的外在環境。就政治層面而言，文人以踏入仕途爲終極目標，但政治環境的多變，並不適合每一個人。一旦將生命奉獻給政治，個人的自我空間相形縮小，況且政治事務的繁瑣與機制化，也常讓人心生厭倦。對於那些仕途不如意者而言，遭受政治挫敗後產生的精神苦悶在所難免，但人不該一直停留在負面情緒當中，如何抒解或排遣因政治因素導致的精神苦悶，正是筆者要探討的議題。唯有擺脫外在功利性目的，回歸心靈的平和，才能享受閒適的精神，創作具有閒適情調的詩歌。

筆者透由三個面向探討閒適詩的思維進路，總體而言，可歸納出閒適詩的一些特性，首先是閒適詩的創作地點趨向「邊緣化」。詩的地理環境，或在山中，或在依山傍水的「人境」之外的「幽處」，總之是一個特殊的空間，這個特殊的空間提供給隱者一個良好的活動場地，這些活動場地與一般群居生活的情趣迥異，最重要的是其境之「幽」，其身之「閒」──「閒居」、「閒坐」、「身閒」，這個「閒」絕對不意味著一般所謂的「無聊」，而是指一種滌除塵念、悠然自適的心境。〔註98〕正可看出閒適詩與大自然有著密不可分的關係，在大自然的環境可以洗滌人的塵念，回歸自然本眞狀態。其次，閒適詩創作

〔註97〕許總《唐詩體派論》：「王維中歲以後，長期過著亦官亦隱，亦朝亦野的生活，朝中的庸俗應酬與山林的超脫情味這兩種截然不同的環境與氛圍，在王維身上卻得到較爲自如的處理，基本上達到了隨所適意的境地」，參見同注71，頁344。

〔註98〕李瑞騰：〈唐詩中的山水〉，收入《古典文學》第三集（臺北：學生出版社，1981年12月），頁162。

會因個人情性有不同風格的展現，但共同的精神取向皆爲向內心世界探索，拋開政治角色，回歸詩人身份，歌詠身心的快樂。最後，從王維亦官亦隱的生活中，開展出文人「吏隱」的道路，官職的身份與追求閒適的心並不相抵觸。還有，韋應物在郡齋內創作的閒適詩，也開創日後爲官文人創作閒適詩的最佳地點。

第三章　白居易閒適詩的提出與作品呈現（一）——前集閒適詩的考察

　　閒適精神的源起由來已久，《論語・先進》記載曾點的「莫春者，春服既成，冠者五六人，童子六七人，浴乎沂，風於舞雩，詠而歸」〔註1〕，即帶有閒適的意味。在詩人的吟詠中，自然也不乏具有閒適精神的作品。但是，樂天之前的詩人並沒有提出這個詞彙，而樂天不僅提出一套閒適理論觀念，並有實際作品印證，對分析閒適而言是相當完整的材料。閒適既被提出，之後的詩人或詩論家相繼使用這個詞彙，評論某詩人的風格也常以閒適冠之。閒適從一個專有的名詞演變成一個普遍用法，內容涵義也逐漸擴張。至於源頭的提出者——白居易，本身的閒適詩卻沒有受到合理的關注。雖然近年來研究白居易的取向有所改變，從以往「諷諭詩」的焦點移至到其他詩類或詩歌主題的探討，但閒適詩的相關論述，探討層面仍不夠完整。

　　檢索相關資料後，發覺並無學者針對樂天的閒適詩作全面的考察及分析，欲處理此議題，必須從幾方面著手。首先，「閒適詩」的理

〔註1〕 參見魏・何晏注、宋・邢昺疏：《論語注疏》十三經注疏本（北京：北京大學出版社，1999年12月），頁154。

論比作品更早被提出來，先有理論架構，再從作品當中揀選出符合的詩歌，因而先探討閒適詩觀的提出與核心議題。探究樂天爲何會提出閒適詩觀？他所欲呈現的核心概念爲何？第二，樂天沒有明確指出閒適詩的範圍，前集中雖有明確標出四卷閒適詩，但後集閒適詩的分類不復出現，以致閒適詩的指涉範圍不明確，有必要重新探討樂天對閒適的定義與範圍。第三，在分析閒適詩的同時還牽涉到許多詩學理論，許多問題雖被廣泛討論，但迄今尚無定論，關於這些論點，筆者會在後文作進一步的說明，也試圖從不同的觀看角度詮釋舊有的論點，更加緊扣閒適詩的不同面向。由於樂天閒適詩數量是作品中的大宗，爲了使討論更爲清楚，筆者將分二大章進行論述。此章先針對樂天前集的閒適詩進行考察工作，釐清前集閒適詩的相關問題，並以閒適詩的理論及作品爲兩大軸線，展開討論。先探討閒適詩觀的提出及其核心議題，接著探析閒適詩的作品分類及內容呈現，歸納出前集閒適詩的特色，以作爲後集閒適詩界定的標準。

第一節　閒適詩觀的提出與核心議題

　　樂天是中國第一位提出閒適一詞的詩人，且成爲詩歌類別的名稱，使「閒適詩」成爲中國詩歌眾多類別中的一種〔註2〕。樂天建構閒適

─────────────

〔註 2〕關於中國詩的分類，從來已久，因著眼點不同，分類方法也有所差異。有因內容或體式或目標而進行分類，白居易的詩歌分類是以內容爲準則，共分諷諭、閒適、感傷、雜律四類。最早有系統對詩歌進行分類工作，出現在《昭明文選》中，所分類目，凡二十三項，計爲：補亡、述德、勸勵、獻詩、公讌、祖餞、詠史、百一、遊仙、招隱、反招隱、游覽、詠懷、哀傷、贈答、行旅、軍戎、郊廟、樂府、挽歌、雜歌、雜詩、雜擬。參見南朝梁‧蕭統撰、唐‧李善注：《文選》（臺北：藝文印書館，1998 年 12 月）。關於文選的分類，可參考相關論述，如：張長臺：〈昭明文選分類評述〉，《東吳大學中國文學系系刊》7 期，1981 年 5 月；陳仲豪：〈劉勰文心雕龍與蕭統文選的分類比較〉，《傳習》3 期，1985 年 6 月。傅剛：《《昭明文選》研究》（北京：中國社會科學院出版，2000 年 1 月）等專著、

詩的步驟是先提出理論，再提出詩作中符合理論設定的作品。若從時間點來看，元和十年（815）江州司馬任內寫成的〈與元九書〉這封書信具有關鍵性地位，不僅提出理論根據，也說明當時羅聚的閒適詩數量，這是樂天第一次有意識討論自己的詩作，並進行分類。此後雖不斷爲自我詩歌進行整理、分類工作，但由於分類方式的改變，「閒適」類別不再出現於集子當中。即使如此，樂天是否還在其它的文論或詩論中表現當時的閒適精神，這將是筆者要考察的面向之一。任何詩論的提出都有其中心意旨，樂天閒適詩觀的核心論點，筆者在此一併討論。進行論述閒適詩觀的提出與核心議題時，必須先探討樂天提出閒適詩觀的背景因素，以期對閒適詩觀有整體的掌握。

一、閒適詩觀提出的背景因素

樂天提出「閒適詩」的時間是在元和十年江州司馬任內，眾所皆知，此次貶謫使其政治生涯起了很大的變化。爲了更精確地掌握變化的根源，早年未涉仕途前的生活型態成了重要考察點，以瞭解樂天在何種心理狀態下提出閒適詩的創作，除了內在心理因素，外在仕途的經歷也構成閒適詩觀提出的背景因素。

（一）內緣因素：安分、知足心理的奠基

樂天生長在滎陽縣，至建中三年（782）離開滎陽，從父白季庚調到徐州的彭城縣，寄家符離，住進了符離縣的朱陳村。朱陳村距離縣城有一百多里，村民們男耕女織，過著與世無爭、純樸的生活，少

期刊。楊承祖曾提出：「在『昭明文選』以後，最富有詩學意義的。當推白居易在『與元九書』中揭櫫的詩類」，參見楊承祖：〈閒適詩初論〉，收入《臺靜農先生八十壽慶論文集》（臺北：聯經出版社，1981 年 11 月），頁 537。由此可知白居易提出的這套詩歌分類理論，具有詩學上進展的功效，閒適詩類也從此成爲中國詩歌的類別之一。

與外界來往，是一個典型的農村社會〔註3〕。樂天從中得到的生活經驗是：「我生禮義鄉，少小孤且貧；徒學辨是非，祇自取辛勤」（〈朱陳村〉，頁184），一方面習得禮義，懂得明辨是非；另一方面也肯定辛勤工作之理。搬到符離不久後，北方發生戰亂，樂天便被送到江南避難。住在江南的時候，大詩人韋應物正擔任蘇州郡守，房孺復擔任杭州郡守，他們的風雅事蹟流傳在江南百姓的口中，樂天年紀雖輕，心中卻十分欣羨他們的詩酒宴會〔註4〕。因而受到啓發，立志改變白家以明經入仕的傳統〔註5〕，走上進士求名的道路。白自言：「十五六，始知有進士，苦節讀書。二十已來，晝課賦，夜課書，間又課詩，不遑寢息矣。以至于口舌成瘡，手肘成胝」（〈與元九書〉，頁962），日夜不間斷地準備考試科目，以至口舌成瘡，手肘成胝，可見樂天努力向仕途邁進的情形。

　　貞元十年（794）因父病歿，家庭經濟隨之陷入困境，此時的他不斷地奔波避難，更體會到困苦的生活。如描述世局混亂，家道衰落，迫使兄弟離散的一首詩：

〔註3〕樂天對「朱陳村」的描寫，呈現在〈朱陳村〉一詩中：「徐州古豐縣，有村曰朱陳。去縣百餘里，桑麻青氛氳。機梭聲札札，牛驢走紜紜。女汲澗中水，男採山上薪。縣遠官事少，山深人俗淳。有財不行商，有丁不入軍。家家守村業，頭白不出門。生爲陳村民，死爲陳村塵。田中老與幼，相見何欣欣。一村唯兩姓，世世爲婚姻。親疏居有族，少長游有群。黃雞與白酒，歡會不隔旬。生者不遠別，嫁娶先近鄰。死者不遠葬，墳墓多繞村。既安生與死，不苦形與神。所以多壽考，往往見玄孫」，參見唐・白居易著，顧學頡校點：《白居易集》（北京：中華書局，1999年11月），頁184。此爲論文主要引用文本，以下再引到此書時，不再贅注，僅於後文加注頁數。

〔註4〕見〈吳郡詩石記〉：「貞元初，韋應物爲蘇州牧，房孺復爲杭州牧，皆豪人也。韋嗜酒，，房嗜酒，每與賓友一醉一詠，其風流雅韻，多播於吳中，或目韋、房爲詩酒仙。時予始十四五，旅二郡，以幼賤不得與遊宴，尤覺其才調高而郡守尊。以當時心言，異日蘇、杭，苟獲一郡，足矣」，同注3，頁1430。

〔註5〕《舊唐書・白居易傳》：「自鍠至季庚，世敦儒業，皆以明經出身」，見後晉・劉昫等撰：《新校本舊唐書附索引》（臺北：鼎文書局，1981年1月），頁4340。

> 時難年饑世業空，弟兄羈旅各西東。田園寥落干戈後，骨
> 肉流離道路中。弔影分為千里雁，辭根散作九秋蓬。共看
> 明月應垂淚，一夜鄉心五處同。（〈自河南經亂，關內阻飢，
> 兄弟離散，各在一處。因望月有感，聊書所懷，寄上浮梁
> 大兄、於潛七兄、烏江十五兄，兼示符離及下邽弟妹〉，頁
> 267）

戰亂的年代裡，祖傳的家業無法維繫生活所需，兄弟姊妹只好拋家失
業，長期旅食他鄉。手足離散各在一方，猶如那分飛千里的孤雁，只
能弔影自憐；辭別故鄉流離四方，又多麼像被秋風連根拔起的蓬草，
身不由己，飄轉無定。孤獨的詩人夜晚難眠，舉首遙望勾引無限相思
的明月，不僅聯想到飄散各地的親友們，如果此時大家都在遙望這輪
明月，應該也會和自己一樣潸潸流淚。詩中真切表達出離散之苦。即
使日後為官再回憶這段十五年前的往事，仍然讓樂天感覺無限辛酸：

> 憶昨旅遊初，迨今十五春。孤舟三適楚，羸馬四經秦。晝
> 行有飢色，夜寢無安魂。東西不暫住，來往若浮雲。離亂
> 失故鄉，骨肉多散分。江南與江北，各有平生親。平生終
> 日別，逝者隔年聞；朝憂臥至暮，夕哭坐達晨。悲火燒心
> 曲，愁霜侵鬢根（〈朱陳村〉，頁184～185）

憶起飢寒、離亂的日子，骨肉多離散，親友也漸凋零，不禁悲從中來。
十五年前的奔波、離亂之苦，記憶仍是如此清晰。獨自多次往返於楚、
秦之地，行有飢色，寢無安眠。東西奔波，彷若浮雲漂泊無定處。離
亂的生活不僅失去故鄉，骨肉之間也多分散。江南與江北，各有親友
分散於兩地。分散的無奈再加上命運的無常，親友的死亡常讓樂天整
日擔憂，甚者整夜哭泣無法成眠。悲傷的痛苦如火焰猛烈地在心中燃
燒，憂愁已侵入鬢髮，深入鬢根。

　　居住在朱陳村的農村生活，讓樂天學會安分、知足；避亂江南的
日子，使樂天厭棄亂離而渴求安定、平穩。古樸自足與顛沛流離的兩
種生活型態，皆奠基樂天知足心的養成，不同的是，在朱陳村中獲得
的知足感，是在耳濡目染的情境中養成；避亂江南的苦難日子，是在

貧苦、飢寒的經歷中體會知足。這兩項緣由的助力下，樂天踏入仕途後，一者能感同身受百姓之苦，因而站在批判時政的角度上爲百姓立言，寫下一系列的諷諭詩；另一方面所求不多、知愧、知足的心態，影響著閒適詩的創作。不論爲國或爲己，諷諭詩或閒適詩的創作思想淵源，都與早年的經歷脫離不了關係。也可得知，樂天安分、知足心態的形成是從早年生活經歷中奠基而來。

（二）外緣因素：仕途困頓下的心境轉折

由於樂天出身在中下級官吏的家庭，既無朝廷之援又無鄉曲之譽〔註6〕，一切只能靠自己的努力。他在貞元十六年（800）考上進士，接著在貞元十九年（803）中吏部考試的拔萃科，授與秘書省校書郎一職，雖是負責讎校典籍，刊正文字的小官，卻已是文士仰慕之職〔註7〕，也開啓樂天的仕宦生涯。之後辭官參加制舉考試，元和元年（806）以第四名授盩厔縣縣尉一職。至此，樂天的考運堪稱順利，三次登科〔註8〕給了他官運順遂的條件。盩厔尉職期未任滿，元和二年（807）十一月便任命爲翰林學士。元和三年（808）盩厔尉官滿，除左拾遺仍充翰林學士。元和五年（810）左拾遺任滿，改京兆府戶曹參軍，同時仍任翰林學士之職，直到六年四月丁母憂居家守喪爲止。可知，樂天在翰林學士院的時間約達四年。翰林學士是顯貴的官職，

〔註6〕《白居易集》卷四十四〈與陳給事書〉：「居易，鄙人也，上無朝廷附離之援，次無鄉曲吹煦之譽；然則孰爲而來哉？蓋所仗者文章耳，所望者主司至公耳」，參見同注3，頁950。說明白居易考進士前，擔心自己不能上榜，特寫了這封信給當時任給事中的陳京，希望能助他一臂之力。舊唐書本傳中也提到「自鍠至季庚，世敦儒業，皆以明經出身」，「世敦儒業」可見是「世代書香」之意，靠著知識、科舉制度去獲得功名利祿的中下級官吏，同注5，頁4340。

〔註7〕張晉藩言：「校書郎掌讎校典籍，刊正文字，官品秩雖低，但皆爲士家子弟起家之官，於職事雖簡閒，於仕途卻極爲清選，是文士仰慕之職」，參見張晉藩主編：《中國官制通史》（北京：中國人民大學出版社，1992年），頁343。

〔註8〕三次登科指的是：禮部的進士考試、吏部的書判拔萃科考試、元和元年舉行的制舉。

中唐以後的翰林學士專門替皇帝草擬機要文件的差使，知識分子參預政治的最高層次，後來的宰相多半從中提拔，又稱爲「內相」〔註9〕。但翰林學士不是一個官名，而是一個職務名稱。〔註10〕所以，翰林學士在唐代並不是正官，只是差遣職務，凡冠翰林學士者，本身必另有本銜。〔註11〕因此，樂天任職翰林學士期間，仍繼續擁有盩厔尉、左拾遺、京兆府戶曹參軍等本職。

　　翰林學士期間，樂天創作一系列社會寫實詩，其寫作意圖爲：「非求宮律高，不務文字奇；惟歌生民病，願得天子知。未得天子知，甘受時人嗤」（〈寄唐生〉，頁 15），不講求宮律及文字的新奇，重點在傳達百姓的苦難，希望能上達天子；爲了反映民生疾苦，也不怕時人譏笑，詩作政治性意圖已超越文學性。特別是元和四年（809）〔註12〕左拾遺任內寫的五十首詩歌，題名爲「新樂府」，還在這組詩前寫了一段小序，表明寫作動機：

> 其辭質而徑，欲見之者易諭也。其言直而切，欲聞之者深誡也。其事覈而實，使采之者傳信也。其體順而肆，可以播於樂章歌曲也。總而言之，爲君、爲臣、爲民、爲物、爲事而作，不爲文而作也（〈新樂府並序〉，頁 52）

這五十首詩全部都是針對現實問題而發，其言辭講求樸質、直切，以達諷諭、勸誡作用；事件講究眞實，以易傳信；文體求順暢，以播於樂章歌曲。總之，目的在申明此類詩作不是爲了單純的文學藝術價值，而是帶有很強烈的社會性指標。另一方面，樂天對拾遺的工作內容有

〔註9〕 《舊唐書・職官志》曾提到：「至德已後，天下用兵，軍國多務，深謀密詔，皆從中出。尤擇名士，翰林學士得充選者，文士爲榮」，見同注5，頁 1854。

〔註10〕 傅璇琮云：「翰林供奉和翰林學士一樣，都是職稱，不是官名」，參見傅璇琮：〈唐玄肅兩朝翰林學士考論〉，《文學遺產》2000 年第 4 期，頁 64。

〔註11〕 鄧德龍編著：《中國歷代官制》（武昌：武漢大學出版社，1990 年 7 月），頁 265。

〔註12〕 樂天於〈新樂府〉並序下說明，五十篇新樂府：「元和四年爲左拾遺時作」，同注3，頁 52。

一定的自覺與期許：

> 故拾遺之置，所以卑其秩者，使位未足惜，身未足愛也。
> 所以重其選者，使上不忍負恩，下不忍負心也。夫位未足
> 惜，恩不忍負；然後能有闕必規，有違必諫；朝廷得失無
> 不察，天下利病無不言，此國朝置拾遺之本意也。（〈初授
> 拾遺獻書〉，頁 1229）

拾遺身爲諫官，必須置個人的安危爲度外。因爲抱持著「位未足惜，
身未足愛」的心態，才能暢所欲言，爲的是達到不辜負在上位者的恩
惠，也對得起自己的良心。所以，其職責必須謹守有闕必規，有違必
諫的剛正不阿精神；必須做到朝廷得失無不察，天下利病無不言的地
步，這也是當朝設置拾遺的本意。

由此可知，這時期的樂天積極在政治上扮演好自己的角色，並企
圖透過詩歌創作達到改良政治的作用。但樂天也自此招致他人忌諱或
怪怒，〈傷唐衢〉詩中說明此現象：

> 憶昨元和初，忝備諫官位。是時兵革後，生民正憔悴。但
> 傷民病痛，不識時忌諱；遂作秦中吟，一吟悲一事。貴人
> 皆怪怒，閑人亦非訾。（頁 16）

樂天自認將社會不合理的現象以詩歌的方式表達出來是職責所在，當
時的他或許眞不識世俗忌諱或顧不了這麼多的忌諱而寫下這些詩。但
這些詩創作出來後，樂天已能明顯感受到眾人的怪怒、批評。

元和十年（815）樂天的仕途起了大變化。那年六月三日夜宰相
武元衡爲盜所殺，樂天當時爲「太子左贊善大夫」，掌太子傳令、諷
過失、贊禮儀之事〔註13〕，理當無權過問此事，但對這種「國辱臣死」

〔註13〕《唐六典》及《新唐書·百官志》也有說明其官職執掌。《唐六典》：
「左贊善掌翊贊太子以規諷也。皇太子出入動靜，苟非其德義，則
必陳古以箴焉」，參見唐·李隆基撰、唐·李林甫注、日·廣池千九
郎校注、日·內田智雄補注：《大唐六典》（西安：三秦出版社，1991
年6月），頁472。《新唐書·百官志》（卷四十九上）：「左贊善大夫
五人，正五品上。掌傳令，諷過失，贊禮儀，以經教授諸郡王」，參
見宋·歐陽修撰：《新唐書》（北京：中華書局，1997年），頁1293。

之事，他依然氣憤不平，第二天中午便上疏請急補盜一事，卻因「不在其位而謀其政」〔註14〕招致非議，並以此定罪。但眞正被定罪的原因不在此，樂天自知：「且以此獲辜，故何如耳？況又不以此爲罪名乎」（頁947），以「有違名教」〔註15〕之罪名，從贊善大夫被貶爲江州刺史，隨即被追貶爲閒官的江州司馬，再度來到江南。

中年之際，受到這麼大的政治挫折，樂天不禁思考、反省以往的行爲處事，於〈與楊虞卿書〉中自言：「然僕始得罪於人也，竊自知矣」（頁947），認爲自己遭致貶官的眞正原因緣自翰林學士期間得罪太多人，再加上自我個性的潔愼、介獨，招人厭惡〔註16〕。當初希望透過詩歌或上書途徑達到解決社會問題的目標終難達成，且「豈圖志未就而悔已生，言未聞而謗已成矣」（頁962），胸懷大志尚未完成，悔恨已生；聲名未遠播，毀謗已成。所以如此，主要犯了當時權貴的

〔註14〕 〈與楊虞卿書〉：「其不與者，或誣以爲僞言，或構以非語。且浩浩者，不酌時事大小，與僕言當否，皆曰：丞郎、給舍、諫官、御史尚未論請，而贊善大夫何反憂國之甚也？」，同注3，頁946～947。

〔註15〕 《舊唐書·白居易傳》：「十年七月，盜殺宰相武元衡，居易首上疏論其冤，急請補賊以雪國恥。宰相以宮官而諫職，不當先諫官言事。會有素惡居易者，掎摭居易，言浮華無行，其母因看花墜井而死，而居易作賞花及新井詩，甚傷名教，不宜置彼周行。執政方惡其言事，奏貶爲江表刺史。詔出，中書舍人王涯上疏論之，言居易所犯狀跡，不宜治郡，追詔授江州司馬」，同注5，頁4344～4345。

〔註16〕 〈與楊虞卿書〉：「當其在近職時，自惟賤陋，非次寵擢，夙夜腆愧，思有以稱之。性又愚昧，不識時之忌諱。凡直奏密啓外，有合方便聞於上者，稍以詩歌導之。意者，欲其易入而深誠也。不我同者，得以爲計：媒糵之辭一發，又可安君臣之道間自明白其心乎？加以握兵於外者，以僕潔愼不受賂而憎；秉權於內者，以僕介獨不附己而忌；其餘附離之者，惡僕獨異，又信狺狺吠聲，唯恐中傷之不獲」，同注3，頁947。如同傅璇琮所言：「翰林學士，那是接近於朝政核心的一部份，他們寵榮有加，但隨之而來的則是險境叢生，不時有降職、貶謫，甚至喪生的遭遇」，同注10，頁55。

忌諱，並以「沽名」遭詆毀。〔註17〕經過這樣的反省，再加上面對自己壯年之際已面瘦頭斑的衰老情形，不禁有些感嘆：

> 面瘦頭斑四十四，遠謫江州為郡吏；逢時棄置從不才，未老衰羸為何事？火燒寒澗松為爐，霜降春林花委地；遭時榮悴一時間，豈是昭昭上天意？（〈謫居〉，頁 326）

正值壯年時期的樂天，年紀才四十四歲卻已面頰消瘦，頭髮斑白，又被遠謫到江州之地為郡吏。逢時卻遭棄置一途，成為不才之人，未老衰羸又所為何事？之前樂天在政治上的努力是為國家、百姓，但這樣的努力卻付出極大的代價，一方面換來貶謫的命運，另一方面又必須面對未老先衰的情況。又以「松」、「花」的焚燬與凋萎自喻，比喻自己成了政治場的犧牲者。短短幾年的時間內，遭遇如此大的起伏，樂天不僅暗想是否為上天有意的安排。言下之意，道出政治場中的無情，也表達樂天想脫離中央政治圈的想法。

政治上的努力，到最後卻走上貶官棄置一途，還弄得身心俱疲，未老先衰，無奈之餘，也深刻體會仕途的無常。因而，一方面反省自我的處事原則，另一方面整理前時詩作，加以類分，「閒適詩」的理論也在此提出。

二、閒適詩觀的提出

樂天身為知識分子，從小浸濡儒家經典，對於儒家所言：「窮則獨善其身，達則兼善天下」〔註18〕之理早已知曉，但樂天並不把「兼善」與「獨善」斷然二分，身為朝廷官員，上班期間努力扮演好其職

〔註17〕〈與元九書〉：「凡聞僕《賀雨》詩，而眾口籍籍，已謂非宜矣。聞僕《哭孔戡》詩，眾面脈脈，盡不悅矣。聞《秦中吟》，則權豪貴近者相目而變色矣。聞《樂遊園》寄足下時，則執政柄者扼腕矣。聞《宿紫閣村》詩，則握軍要者切齒矣。大率如此，不可偏舉。不相與者，號為沽名，號為詆訐，號為訕謗」，同注3，頁963。

〔註18〕《孟子·盡心上》：「古之人得志，澤加於民；不得志，修身見於世。窮則獨善其身，達則兼善天下」，見《孟子注疏》（北京：北京大學出版社，1999年12月），頁355。

務，爲生民立命是「兼善」部分；下班後的時間便屬於自己所有，要
如何運用、度過，則是樂天面對自己、「獨善其身」的部分，兩者對
樂天而言並不衝突，反而是相互協調。樂天對自己作品分類的理念表
達在〈與元九書〉中：

> 僕數月來，檢討囊篋中，得新舊詩，各以類分，分爲卷目。
> 自拾遺來，凡所適、所感，關於美刺興比者，又自武德訖
> 元和，因事立題，題爲新樂府者，共一百五十首，謂之「諷
> 諭詩」。又或退公獨處，或移病閒居，知足保和，吟玩情性
> 者一百首，謂之「閒適詩」……故僕志在兼濟，行在獨善：
> 奉而始終之則爲道，言而發明之則爲詩。謂之「諷諭詩」，
> 兼濟之志也。謂之「閒適詩」，獨善之義也。故覽僕詩，知
> 僕之道焉。（頁 964）

由上文可知，樂天從拾遺任內就很清楚地意識到「公」、「私」領域兩
種不同的對應原則：翰林學士及左拾遺任內因事創作，且帶有美刺興
比意味的詩作稱爲「諷諭詩」；脫離繁重公務獨自面對或因病修養在
家所創作的詩作稱爲「閒適詩」。二者的作品比例爲三比二。諷諭詩
的創作集中在武德至元和年間，且必須有一事相引導而觸發寫作，例
如〈秦中吟〉創作動機爲：「貞元、元和之際，予在長安，聞見之間，
有足悲者。因直歌其事，命爲秦中吟」（頁 30），貞元之際，在長安
中所見足以興悲，將其命題寫作，直書其事，命爲〈秦中吟〉。如果
諷諭詩是透過揭露社會弊端達到爲民立言、兼濟天下的目的；閒適詩
則是對內、對自己個體生命的交代。它並無宏大「美刺興比」的教化
功用，也在平和的情境中創作，大都不離退公獨處或移病閒居之際，
因而其風格爲「知足保和，吟玩情性」，可以表達出知足之心與平和
的心境，且可從中培養自我的眞情性。兩種不同風格取向的詩作，樂
天分別命名與賦予其特性，看似二分的類別，樂天以「志在兼濟，行
在獨善」的原則給予彼此融合的空間。因而諷諭詩可謂樂天處於公領
域當中所見所言之詩作；閒適詩則是樂天處於私領域當中對自我心境、
生命體會的作品。可見，諷諭詩與閒適詩都是擔任中央官員時期的作

品。一外一內，一動一靜，搭配得宜，諷諭詩及閒適詩成了樂天最看重的兩種詩作類別。

　　白居易諷諭詩對強化詩歌的現實功能及比興傳統有一定的積極意義，但他們是特定條件下的特殊產物，基於憲宗剛即位，屢降璽書，訪人急病的政治氣魄，再加上樂天居左拾遺諫官的強烈使命感，才會有一系列諷諭詩作的產生。﹝註19﹞貶爲江州司馬，樂天一方面脫離當時的職位及立場，另一方面加上心境的挫折與轉變，使得諷諭詩創作的動力及精力大爲銳減，貶江州時期的諷諭詩作共十首﹝註20﹞，只占全部諷諭詩的十七分之一，其餘諷諭詩大都任翰林學士、左拾遺任內所作，也有一些爲退居渭村時所作，但爲數不多。此後，諷諭詩的重要性也不再被提起。諷諭詩的生命到了江州時期大概就趨向沒落，閒適詩的創作則持續加溫，這點下文會有更深入的探討。

　　大和八年（834）時，樂天整理大和三年至大和八年在洛所作之詩，名曰「洛詩」，並以〈序洛詩〉說明其中的旨趣，這也是樂天第二次提出閒適詩理論：

> 序洛詩，樂天自敘在洛之樂詩也。予歷覽古今歌詩，自風、
> 騷之後，蘇、李以還，次及鮑、謝徒，迄於李、杜輩，其
> 間詞人，聞知者累百，詩章流傳者鉅萬。觀其所至，多因
> 讒冤遣逐，征戌行旅，凍餒病老，存歿別離，情發於中，
> 文形於外：故憤憂怨傷之作，通計古今，什八九焉。世所

────────────

﹝註19﹞白居易在江州時提到當初寫作諷諭詩的動機及背景：「是時，皇帝初即位，宰府有正人，屢降璽書，訪人急病。僕當此日，擢在翰林，身是諫官，手請諫紙，啓奏之外，有可以救濟人病，裨補時闕，而難於指言者，輒詠歌之」，可知，一方面是憲宗有爲的政治改革魄力，另一方面是白居易以諫官身份自居的使命感。見〈與元九書〉，同注3，頁962。

﹝註20﹞筆者根據朱金城對白居易詩作的繫年，再去釐析出江州司馬任內所創作的諷諭詩共十首，分別爲：〈放魚〉、〈文柏牀〉、〈潯陽三題並序〉三首、〈大水〉、〈歎魯二首〉、〈反鮑明遠白頭吟〉、〈青塚〉、〈雜感〉。見唐‧白居易著、朱金城箋校：《白居易集箋校》（上海：上海古籍出版社，1988年12月）。

謂文士多數奇，詩人尤薄命，於斯見矣。又有已知理安之
世少，離亂之時多……今壽過耳順，幸無病苦；官至三品，
免罹飢寒，此一樂也……自三年春至八年夏，在洛凡五周
歲，作詩四百三十二首。除喪朋哭子十數篇外，其他皆寄
懷於酒，或取意於琴，閒適有餘，酣樂不暇；苦詞無一字，
憂歎無一聲，豈牽強所能致耶？蓋亦發於中而形外耳。斯
樂也，實本於省分知足，濟之以家給身閒，文之以觴詠絃
歌，飾之以山水風月：此而不適，何往而適哉？茲又重吾
樂也。予嘗云：治世之音安以樂，閒居之詩泰以適。苟非
理世，安得閒居？故集洛詩，別爲序引；不獨記東都履道
里有閒居泰適之叟，亦欲知皇唐太和歲，有理世安樂之音。
集而序之，以俟夫採詩者。甲寅歲七月十日云爾。（頁 1474
～1475）

序洛詩，主要旨趣在自敍樂天居洛陽之樂的詩作。樂天觀覽古今詩歌，
發覺風騷以後，蘇武、李陵以降、鮑照、謝朓之徒，乃至李白、杜甫，
其間的詩人詩作流傳甚多，但其爲人多因讒冤被遣逐，或者處於征戍
行旅中，所抒發多爲凍餒病老、存歿別離之情。故憤憂怨傷之作，占
古今詩篇的大多數。世人所謂文士多數乖舛、詩人多薄命之理，由此
可見。反思古聖賢的命運，再對照自身的情況，如今年過六十，幸無
病痛之苦，官至三品官，免受飢寒之苦，此爲一樂也。自三年春到八
年夏，在洛陽五年所作之詩四百三十二首，除喪朋、哭子的數十篇外，
其餘皆寄懷於酒，或取意於琴，過著閒適、酣樂的日子。詩中無苦詞、
無憂歎，這實在是由於發自內心的情感而形諸於外，而這快樂又本於
「省分知足」。此外，到了太和年間，樂天認爲「理世」也可以「閒
居」，因此閒適詩正是以另一種方式呈現「理世安樂」的社會寫照。
總之，可瞭解樂天晚年居洛陽期間閒適心態的呈現，此心態又歸結「省
分知足」之理，可知「知足」心的體現貫穿詩人一生，也深刻影響閒
適詩的創作。

　　從〈與元九書〉及〈序洛詩〉中，可明瞭白居易前後期的閒適詩

意義不同，前期白居易仍秉持「志在兼濟，行在獨善」，兼濟與獨善是一體兩面，所追求的閒適也是一種沒辦法做事的偶然閒適，尚有兼濟之心。到了後期，白居易宣稱的是一種眞正爲官的閒適，已無兼濟之心，因而在〈序洛詩〉才言道「閒適有餘，酣樂不暇，苦詞無一字，憂歎無一聲」。從白居易二次閒適詩觀的提出，可瞭解前後期創作閒適詩心態的差異，因而也影響前後期詩風的不同。

三、閒適詩觀的核心議題──「吟詠情性」

樂天對閒適詩的定義：「或退公獨處，或移病閒居，知足保和，吟玩情性者一百首」，「退公獨處」及「移病閒居」說明創作閒適詩的機緣，「知足保和」及「吟玩情性」才是樂天在閒適詩中要強調的特色。「知足保和」代表一個明確的心理狀態，至於「情性」的涵蓋面則較廣，加上樂天將閒適詩定位在「獨善」的部分，可見閒適詩是專門梳理個人的情性，閒適詩觀的核心議題也就是探討「吟詠情性」，如何運用詩歌創作歌詠出詩人自身的情性。至於「吟詠情性」是否有其傳統精神，樂天爲何主張「吟詠情性」，將是底下論述的重點。

（一）「吟詠情性」的前理解

古代詩歌理論的傳統主張是兩個，一個是「言志」說，另一個是「緣情」說，後人論詩不是本於《虞書》「詩言志，歌永言」之說，就是本於陸機《文賦》「詩緣情而綺靡」之說。〔註21〕「詩言志」一詞最早見於《尚書・舜典》：「詩言志，歌永言，聲依永，律和聲」〔註22〕，

〔註21〕相關的論述可參見蔡英俊：〈傳統詩學「詩言志」的精神〉，《鵝湖》1卷10期，1976年4月；鄭毓瑜：〈詩歌創作過程的兩種模式──「詩緣情」與「詩言志」〉，《中外文學》11卷9期，1983年2月；王文生：〈「詩言志」──中國文學思想的最早綱領〉，《中國文哲研究集刊》第3期，1993年3月；張嘉慧：〈「詩大序」的「詩言志」說〉，《雲漢學刊》第4期，1997年5月；曾守正：〈中國「詩言志」與「詩緣情」的文學思想──以漢代詩歌爲考察對象〉，《淡江人文社會學刊》第10期，2002年3月。
〔註22〕見《尚書正義》（北京：北京大學出版社，1999年12月），頁79。

文學創作是以語言文字爲媒介的創作活動，然而在這裡特別指出「詩言志」，到底「言志」代表的內容是什麼？舜典並沒有對此作進一步的說明，先秦典籍中亦無對「詩言志」明確說明的記載。近代學者如朱自清、聞一多、劉若愚等，曾對「詩言志」的字源與歷史已有一番詳細的討論〔註23〕，在此僅就「詩言志」觀念的文學發展情況加以探討。

中國詩歌的源頭來自《詩經》，也是中國最早的一部詩歌總集。固定的文本，後世卻出現不同的解讀聲音，漢代在〈詩大序〉的一番闡釋，具有相當大的影響力。它除了是一篇完整的詩論，其中也交雜不同的觀念：

> 詩者，志之所之也，在心爲志，發言爲詩。情動於中，而形於言，言之不足，故嗟嘆之，嗟嘆之不足，故永歌之，永歌之不足，不知手之舞之、足之蹈之也。情發於聲，聲成文謂之音，治世之音安以樂，其政和；亂世之音怨以怒，其政乖；亡國之音哀以思，其民困。故正得失，動天地，感鬼神，莫近於詩。先王以是經夫婦，成孝敬，厚人倫，美教化，移風俗。〔註24〕

自從有了人類，便有了歌唱，詩歌是最古老的文學體裁之一。〈詩大序〉的開頭便提出人們的「心」是核心，表現爲語言、詩歌、音樂、舞蹈一系列文化活動。然而，整體而言〈詩大序〉重視、強調的「志」，並不是個人的情志，而是「上以風化下，下以諷刺上」本於政教的情志，也就是人類共同的情志。但是，一開頭揭示的「在心爲志，發言爲詩；情動於中，而形於言」，又清楚地說明個人情志的表達是決定詩歌創作的主要力量。因而，〈詩大序〉所言的「志」包含兩種看似相互對峙卻又相輔相成的意涵，一則指個人的情感，順此而言，詩歌

〔註23〕朱自清：〈詩言志辨〉，收入朱自清撰：《朱自清說詩》（上海：上海古籍出版社，1999年12月），頁6～30。劉若愚著、杜國清譯：《中國文學理論》（臺北：聯經出版社，1998年9月）。聞一多：〈歌與詩〉，收入《神話與詩》（上海：華東師範大學出版社，1997年1月），頁197～210。

〔註24〕《毛詩正義》（北京：北京大學出版社，1999年12月），頁6～10。

創作主要在抒發自我的情感。二則是指公眾的社會情志，因而，詩歌創作便具有美刺的廣大社會功能，不再是單純抒發個人情志。由此，開展出日後詩學兩條不同的路徑：諷諭性及抒情性。

　　漢代在闡釋毛詩大序時，將詩歌要旨放在「言志」，重在「經夫婦，成孝敬，厚人倫，美教化，移風俗」的實用功能，即使提及到個人情志部分，但總體還是以「言志」爲旨歸。漢代以「言志」爲諷諭教化，乃有以「言志」爲題，或「諷諭詩」一類作品的出現。〔註25〕屈萬里對於漢儒解經的弊端也提出下列的看法：

> 先秦人說詩的功用，主要的在於涵養品德（修身）、練達世務（從政）、豐美辭令（應對）。漢人認爲詩的功用，也大致如此。但先秦人說詩，只是採取詩中的幾句嘉言，以作上述的用途，而漢儒則把各詩的全篇，都說成在政治和教化上有重大的意義……由於上述先秦人和漢儒說詩的情形不同，因而先秦人的詩說，並不影響各詩篇的本義；而漢儒之說，對於各詩篇原來的作意，大部分都曲解了。〔註26〕

屈萬里認爲先秦人對於詩的功用，著重在涵養品德，涵括修身、從政、應對各方面。漢人對於詩歌的功用大致與先秦相同，只是在解經過程中，漢儒利用一套自己的看法，以教化觀點看待這些詩歌，將原本詩歌的藝術性抹殺掉，反以功利性代替。聞一多也言：「漢人功利觀念太深，把三百篇作了政治課本」〔註27〕，明確指出漢儒將詩經作爲政治服務工具。

　　漢儒除了在〈詩大序〉提出「志」的兩種面向外，也提出「吟詠情性」的觀念：「國史明乎得失之跡，傷人倫之廢，哀刑政之苛，吟

〔註25〕陳昌明：《緣情文學觀》（臺北：臺灣書店，1999年11月），頁82。
〔註26〕詳見屈萬里：〈先秦說詩的風尚和漢儒以詩教說詩的迂曲〉，收入羅聯添：《中國文學史論文選集》（一）（臺北：學生書局，1986年5月），頁95。
〔註27〕見聞一多：〈聞一多讀《詩》〉，收入胡先媛著：《先民的歌唱──《詩經》》（雲南：雲南人民出版社，1999年7月），頁239。

詠情性，以風其上，達於事變而懷其舊俗者也」〔註28〕，這裡主要說明一個歷史事實，即周王朝史官採詩讓樂工歌唱，作用在諷諫天子。據孔穎達的解釋：「動聲曰吟，長言曰詠，作詩必歌，故言『吟詠情性』也」〔註29〕，這裡明確拈出「吟詠情性」這個術語，第一次把吟詩叫「吟詠情性」，這是後來的「性情」說的濫觴。〔註30〕吟詠情性比言志說更能代表詩歌的本質，因而言志說的地位在魏晉南北朝起了變化。

　　漢代在經學的支配底下，詩三百篇原有的情感性質以及借助外在自然景物以抒情的表現手法，便隱而不顯。直到魏晉時代，才把詩歌反映客觀政治得失導向抒發個人主觀情志方面。漢末外在政治環境式微，影響到個人對傳統經學權威的懷疑，身份的定位、生死問題的面臨，「言志」傳統已不足應付整個趨勢，個體意識隨之覺醒，終至肯定個人情性。陸機在文學上提出：「詩緣情綺靡」，開啓「緣情」觀念。「緣情」觀念在此時產生，並成為當時文學主流，不僅是中國史上的一大理論爭辯，更代表了六朝的新思維與新精神，〔註31〕也宣示著一種新的思維與精神正在六朝醞釀、發展。

　　「緣情」說的提出，標示詩歌往抒情方向邁進的軌跡，也漸漸往中國文學傳統的抒情本質拉攏。〔註32〕不論緣情說或抒情說，強調的詩歌本質皆在乎「情」字，然而魏晉南北朝時期，另一股勢力也在蓬勃發展，便是以「情性」論詩的觀念。在早期的時候，「情」與「性」各有不同的指涉意涵。不過，在古代詩論中，把性與情分別論述的情

〔註28〕同注24，頁15。

〔註29〕同注24，頁15

〔註30〕賈文昭：〈詩論三「說」：言志・抒情・道性情〉，收入賈文昭著：《文藝叢話》（合肥：安徽大學出版社，2002年1月），頁55。

〔註31〕同注25，頁2。

〔註32〕蔡英俊〈抒情精神與抒情傳統〉：「我們可以說中國的文學傳統，不論是早期『在心為志，發言為詩』的素樸、自然流露的歌謠體式，抑或是極度精鍊的自覺的心靈創作活動，它們往往都在訴說一種個我的情懷、一種自我的心靈對外在世界的觀、感、思：它們在本質上都是抒情的，詳見蔡英俊：〈抒情精神與抒情傳統〉，收入蔡英俊主編：《抒情的境界》（臺北：聯經出版社，1996年6月），頁106。

況並不多，一般都是把性、情融爲一體，把性情（或情性）作爲一個特定的術語來使用。〔註33〕即使如此，筆者在此還是先對「性」、「情」、「性情」及「情性」各詞彙作一番釐清。

關於人性的傳統論述，不論告子所言的「性無善惡論」、孟子主張的「性善」、荀子主張的「性惡」，或董仲舒所言的「性三品說」等等，對人性的看法雖不盡相同，但都把「性」視爲人的先天稟賦，無法移轉，也無法改變的事實。《荀子‧正名》中解析「性」與「情」的差異：「性者，天之就也；情者，性之質也；欲者，情之應也」〔註34〕，認爲性者成於天之自然，情者性之質體，欲又情之所應，所以人必不免於有欲也。漢代王充在《論衡‧本性》更加以言說兩者差別：「劉子政曰：性，生而然者也，在於身而不發。情，接於物而然者也，出形於外」〔註35〕，清楚道出「性」是天生，存在每個人身上，只是它較爲隱微，不向外發散；「情」則是從「性」而出，是感於外物而動，兩者有關連卻有所區別，不能混爲一談。

至於「情性」一詞最早出現在《荀子‧性惡》：「今人之性，飢而欲飽，寒而欲煖，勞而欲休，此人之情性也……故順情性則不辭讓矣，辭讓則悖於情性矣」〔註36〕，這裡指「本性」而言；有時指「性格」，如《文心雕龍‧原道》：「雕琢情性，組織辭令，木鐸啓而千里應，席珍流而萬世響」〔註37〕；有時又指「情意」，如杜甫〈風雨看舟前落花戲爲新句〉：「蜜蜂蝴蝶生情性，偷眼蜻蜓避伯勞」〔註38〕。「性情」指涉的意涵也不固定，有時將「性情」理解爲「心靈」，如鍾嶸在〈詩

〔註33〕同注30，頁57。

〔註34〕見清‧王先謙撰；沈嘯寰、王星賢點校：《荀子集解》（北京：中華書局，1992年2月），頁428。

〔註35〕黃暉撰：《論衡校釋》（臺北：商務出版社，1983年），頁133。

〔註36〕同注34，頁436～437。

〔註37〕參見劉勰著、周振甫注：《文心雕龍注釋》（北京：人民文學出版社，2002年7月），頁2。

〔註38〕唐‧杜甫著、清‧仇兆鰲注：《杜詩詳註》（北京：中華書局，1995年4月），頁2051。

品序〉所言：「氣之動物，物之感人，故搖蕩性情，形諸舞詠」〔註39〕，有時「性情」側指作家的創作個性，即風格，如沈德潛《說詩晬語》所說：「性情面目，人人各具。讀太白詩，如見其脫屣千乘；讀少陵詩，如見其憂國傷時」〔註40〕。可見，「性」與「情」可以明顯區分，而「性情」與「情性」的區分則不明顯，因而後來「性情」與「情性」混用的情況相當多。

（二）「吟詠情性」的意涵

　　考察樂天在詩歌所用的詞彙，發現使用「情性」的次數比「性情」還多，對閒適詩的定義又界定在「吟詠情性」的概念，可見樂天有意承襲「吟詠情性」的詩論傳統。〈詩大序〉中首先標出「吟詠情性」一語，幾百年後在梁朝鍾嶸〈詩品序〉中再一次被提及。雖然詩大序中的「吟詠情性」增強對詩人個性本身的關注，但主要還是為了「以風其上」，仍是為了統治階層而倡導的社會行為，和個人的情感世界並無太大的相關。至於〈詩品序〉所言，則開啓了另一種不同的觀點：

> 夫屬詞比事，乃為通談。若乃經國文符，應資博古；撰德駁奏，宜窮往烈。至乎吟詠情性，亦何貴於用事？「思君如流水」既是即目；「高臺多悲風」亦惟所見；「清晨登隴首」羌無故實；「明月照積雪」詎出經史？觀古今勝語，多非補假，皆由直尋。〔註41〕

詩歌不同於經世致用的文體，它只是單純用來吟詠詩人的個人情性。每位詩人情性不同，歌詠出的詩歌味道也有差異，各有獨特的風格，既然如此，創作詩歌時又何必要引用典故。鍾嶸以詩人獨特情性，作為反對詩歌用典的依據，明確將詩歌與經世致用的文體作區分，這已和〈詩大

〔註39〕鍾嶸：〈詩品序〉，見王叔岷主編：《鍾嶸詩品箋證稿》（臺北：中央研究院中國文哲研究所，1992年3月），頁47。

〔註40〕見王夫之等撰、丁福保編：《清詩話》（臺北：木鐸出版社，1988年9月），頁557

〔註41〕同註39，頁93。

序〉中的「經夫婦，成孝敬，厚人倫，美教化，移風俗」意涵有所不同，也揭示鍾嶸「吟詠情性」說已擺脫功利性社會目的，進入了詩歌審美範疇。至於「吟詠情性」的具體內容及目的，鍾嶸則認為：

> 至於楚臣去境，漢妾辭宮；或骨橫朔野，或魂逐飛蓬；或
> 負戈外戍，或殺氣雄邊；塞客衣單，孀閨淚盡；或士有解
> 佩出朝，一去忘返；女有揚蛾入寵，再盼傾國。凡斯種種，
> 感蕩心靈，非陳詩何以展其義，非長歌何以騁其情。〔註42〕

舉出歷史上具有代表性的人物，說明他們自身的處境，不同的人遭遇不同的處境，面對外界環境，每人應對的方式也不同。唯一不變的是，這種種感情皆可使人感蕩心靈，深受其感動。唯有透過詩歌創作才能展現其意涵，馳騁其感情。「非陳詩何以展其義，非長歌何以騁其情」正是「吟詠情性」的具體表述，即通過詩歌的形式將情性對象化，從而獲得一種精神的滿足。〔註43〕總體而言，根據詩歌抒情的特徵，鍾嶸主張通過個人的抒情以表達遭遇相同的情緒，從而使讀者認識社會面貌，這便是鍾嶸「吟詠情性」的目的。〔註44〕鍾嶸在此雖言及詩歌的社會功能，但只是附加功用，原則上還是主張詩歌以吟詠個人情性為主。

　　不論陸機提倡的「緣情」說或是鍾嶸主張的「吟詠情性」，基本上都較為貼近詩歌的抒情本質，並以詩歌為主體，關切其本質。魏晉南北朝被稱為「文學的自覺時代」，個體逐漸擺脫以往的束縛，自覺意識漸強，因而論及詩歌不再依附於政治環境上，對後代詩論產生相當大的影響。

　　至於樂天論及詩歌本質的文章，以〈與元九書〉最具代表性，其中的幾段話，可看出樂天對詩歌本質的闡發：

〔註42〕同注39，頁77。
〔註43〕盧佑誠：〈「持人情性」與「吟詠情性」──劉勰、鍾嶸詩學觀比較〉，《文藝理論研究》1998年第4期，頁76。
〔註44〕李恆田：〈毛詩派、鍾嶸「吟詠情性」比較論〉，《晉東南師範專科學校學報》2000年第4期，頁39。

　　夫文尚矣！三才各有文。天之文，三光首之；地之文，五
　　材首之；人之文，六經首之。就六經言，《詩》又首之。何
　　者？聖人感人心而天下和平。感人心者，莫先乎情，莫始
　　乎言，莫切乎聲，莫深乎義。詩者，根情、苗言、華聲、
　　實義。（頁960）

文章的起源是很久遠，天、地、人「三才」都有文章；天的文章，以
日、月、星「三光」為首；地的文章，以金、木、水、火、土「五材」
為首；人的文章，以詩、書、禮、易、春秋、樂等「六經」為首。就
六經來說，又以詩經為首，因為聖人感化人的思想，從而使天下得到
和平。感化人的心，必須具備感情、語言、聲音與思想。因而言詩以
感情為根，以語言為葉，以聲音為花，以思想為果實。將詩比喻為一
棵會開花結果的樹木，「情」是樹之「根」，「言」是樹之「苗」，「聲」
是樹之「花朵」，「義」是樹之「果實」，詩歌必須包含情、言、聲、
義各部分，缺一不可。「情」在樂天詩學結構中的地位，在此被提出。
但此處所言的「情」，完全是從「聖人感人心」的角度著眼，指涉的
內涵並非指詩人之情，作者要闡述的並不是詩緣自人的感情、人因情
感所動而作詩的道理。〔註45〕可見，在此雖言及「情」的地位，卻從
聖人的角度著眼。

　　過去對樂天的詩論總存在片面性的認識，最明顯的就是只注重其
詩論的功利性部分，而對審美性部分有所忽視。〔註46〕有趣的是，樂
天在〈與元九書〉一文中同樣地提出詩歌的功利性及審美性作用，上
文所言從功利性目的出發，下文則從另一種角度出發言詩歌本質：
　　如今年春、遊城南時，與足下馬上相戲，因各誦新豔小律，
　　不雜他篇……知我者以為詩仙，不知我者以為詩魔。何則？

〔註45〕謝思煒：《白居易集綜論》：「這段話所說的『情』並非指詩人之情，
　　　　作者所要闡述的並不是詩緣自人感情、人因情感所動而作詩的道理」，
　　　　參見謝思煒：《白居易集綜論》（北京：中國社會科學出版社，1997
　　　　年8月），頁353。
〔註46〕賈文昭：〈白居易論詩的審美特性〉，同注30，頁114。

> 勞心靈，役聲氣，連朝接夕，不自知其苦，非魔而何？偶
> 同人，當美景，或花時宴罷，或月夜酒酣，一詠一吟，不
> 知老之將至，雖驂鸞鶴，遊蓬瀛者之適，無以加於此焉，
> 又非仙而何？（頁965）

樂天回憶今年春季與元稹同遊長安城南的情形，馬上相戲間，各自朗
誦清新豔麗的絕句，不混雜其他詩篇。瞭解樂天的便以詩仙看待，不
瞭解樂天的則以詩魔稱之。從早到晚，絞盡腦汁，費盡氣力，不知辛
苦地作詩吟詩，如此的行徑稱不上詩魔嗎？偶然和朋友對著美景，或
在花開時節宴會完畢後，或在月夜酒醉，一詠一吟中，不知老之將至，
即使騎著鸞鶴，遊玩蓬萊仙島的適意，也比不上作詩的快意，這難道
稱不上是詩仙嗎？不論「詩仙」或「詩魔」，樂天都提到創作詩歌時
獲得的自適。因而，在樂天論及從詩歌中獲得極大的自由快樂時，已
將詩歌的本質轉向個人抒情方面。

　　詩歌的功利性及審美性目的，樂天皆有所論述。〈與元九書〉中，
詩人主體問題的提出竟經歷了這樣一種根本性質的變化：開始是從詩人
附庸於詩道，而結尾卻是詩使詩人獲得自由，詩人主體成爲眞正關注的
中心。〔註47〕實際上，除了《新樂府序》和《與元九書》外，白居易在
其他地方論及自己創作時都是從個人抒情亦即「爲己」的立場來談的。
〔註48〕以詩歌類別來看，諷諭詩著重詩歌社會性、功利性的教化作用，
其餘的閒適詩、感傷詩都是從個人之情的角度抒發，因情而作，爲己而
作的情文。樂天所言的「情」，大致上也可分爲兩部分，一者是從社會
功利角度出發，論及社會大眾之情，以此情寫成的詩歌便是「諷諭詩」，
也符合樂天提出感人心而使天下和平的論點。二者是從個人情志出發，
抒發個人情感爲主，應此情寫成的詩歌便是「閒適詩」及「感傷詩」。
不同的是，閒適詩側重抒發個人內心知足保和、閒適的情性，感傷詩主
要描述受外界事物引發，內心受到強烈撼動的情感。

〔註47〕同注45，頁360。
〔註48〕同注45，頁361。

　　樂天在〈與元九書〉中會將詩歌轉向審美作用，也與仕途遭遇息息相關，《舊唐書》本傳也對樂天將詩歌的政治作用轉向審美功用，作了一番陳述：

> 居易初對策高第，擢入翰林，蒙英主特達顧遇，頗欲奮厲効報，苟致身於訏謨之地，則兼濟生靈。蓄意未果，望風為當路者所擠，流徙江湖。四五年間，幾淪蠻瘴。自是宦情衰落，無意於出處，唯以逍遙自得，吟詠情性為事。〔註49〕

樂天早年仕途順利，入翰林院，任職翰林學士一職。又蒙英主賞識，樂天欲報皇恩，也為了民眾的痛苦，改造社會的弊端，寫下一系列的諷諭詩，冀以兼濟天下。但理想尚未達到，就受到位高權重者的排擠，之後被貶至江湖，四五年間在江湖流浪，遠離政治中心，幾至蠻瘴之地。因而無意在仕途上有所發展，轉而改變詩歌的風格，對詩歌的功用也轉而抒寫各人情性的面向，只希望以逍遙自得、吟詠情性，過著逍遙自適的生活。

　　綜合言之，閒適詩言及的「吟詠情性」便是承繼鍾嶸的觀點，認為詩歌主要在梳理個人情性，每個人情性不同，表達出的情感也無法相同。重要在於詩人如何在詩歌中盡情揮灑自我，發揮自我的情性，創造出屬於自己的獨特性。因而吟詠情性之情不再向外尋找，而是往內心世界探索。底下將透過實際作品的分析，論及樂天閒適詩的本質。

第二節　前集閒適詩的分類與呈現

　　白居易全集中，劃入「閒適詩」範圍的詩作共有四卷，數量為216首。然而這四卷詩作並非全由白居易一人分類得出，後集序的一段話茲可證明：

> 前三年，元微之為予編次文集而敘之。凡五帙，每帙十卷，訖長慶二年冬，號《白氏長慶集》。邇來復有格詩、律詩、

〔註49〕同注5，頁4354。

> 碑誌、序記、表贊，以類相附，合爲卷軸，又從五十一以
> 降，卷而第之。是時，大和二年秋，予春秋五十有七，目
> 昏頭白，衰也久矣；拙音狂句，亦已多矣。由茲而後，宜
> 其絕筆；若餘習未盡，時時一詠，亦不自知也。因附前集
> 報微之，故復序於卷首云爾。（頁 454）

此序作於大和二年（828）〔註 50〕，主要回顧以往詩作的編纂過程。
雖然白居易言《白氏長慶集》的編纂工作止於長慶二年，但元稹卻於
〈白氏長慶集序〉中云：「長慶四年，樂天自杭州刺史以右庶子詔還。
予時刺會稽，因得盡徵其文，手自排纘，成五十卷，凡二千二百五十
一首……長慶四年冬十二月十日微之序」（頁 2），因此，理論上白居
易將長慶二年前的所有詩作交由元稹代爲整理、分類，其中也包含元
和十年前的作品十五卷，共八百首。之後，元稹於長慶四年寫下〈白
氏長慶集序〉一文，說明其中的緣由。長慶二年後的作品，白居易則
以格詩、律詩、碑誌、序記、表贊的形式爲劃分。至大和二年，樂天
五十七歲，感於目昏頭白，年紀已老，所寫的作品多爲「拙音狂句」，
信筆寫來，毫無拘束。因此有絕筆的打算，即使往後仍有未盡餘習，
乃屬不自覺的吟詠，並不會再去作整理。故一併與前集送交給微之，
自己寫下一篇序放在後集卷首。

　　樂天的作品由於經歷五代的戰亂，以及多次的傳刊，原始的面
貌早無法得知，即使樂天有意識地將自己的詩作分爲「前集」及「後
集」，甚至有「餘習未盡」的作品，但現存的白集中，這個《前集》
是否完整地被保留下來，是否與其後編成的《後集》之間發生混淆
的現象，一直是研究白集者急欲解決的問題。關於前、後集之間的
混淆問題，早期學者岑仲勉在〈論白氏長慶集源流并評東洋本白集〉
〔註 51〕一文中有初步的探討，近來大陸學者謝思煒於《白居易集綜

〔註 50〕同注 20，頁 1396。

〔註 51〕岑仲勉：〈論白氏長慶集源流并評東洋本白集〉，初刊於《國立中央
　　　　研究院歷史語言所集刊》第九本，1947 年，後收入《岑仲勉史學論
　　　　文集》（北京：中華書局，1990 年 7 月）。

論》〔註52〕一書中有詳細且精彩的論述，這些資料都有利於釐清問題的癥結。

　　岑仲勉曾對刊刻本中所言的「訖長慶二年冬」一句提出疑問，認爲「二年」當爲「四年」之誤〔註53〕，若根據岑仲勉的說法，《前集》所含的作品應截止於長慶四年。但謝思煒對這個問題則有不一樣的看法，他說道：

> 據花房英樹統計，《前集》所含長慶三年以後作品合詩文計約80首，其中長慶三年所作占半數，餘下爲長慶四年春所作。合理的解釋是，《後序》「二年」二字應據要文抄本作「三年」。也就是說，白居易在長慶四年五月離開杭州時交付元稹的，即是在「長慶三年冬」勘定的文集，而在離開時有可能將四年春所作的一部分作品也附入其中。至四年冬，白居易已分司東都，沒有道理再在此時從洛陽遙寄文集給在浙東的元稹。但在編集《前集》時有一部分作品遺漏在外並不足怪，因此在其後續編文集時也補入少量長慶三年之作。〔註54〕

謝思煒根據日本學者花房英樹對白居易前集作品的統計結果，認爲白居易前集應勘定於長慶三年冬，而其作品的收入則不止於長慶三年，長慶四年春的作品也可能收納於其中。以此來解釋爲何白居易前集中有長慶四年之作，之後的後集又出現長慶三年的作品，主要的原因在於編集前集時有一部份的作品遺漏在外，等到編後集時才又收入這些作品。雖然前集的勘定止於長慶三年，但由於樂天長慶四年中才離開杭州，因而可能將長慶四年春的作品一併交給元稹分類。所以形成白居易前後集中都一致出現長慶三年至長慶四年的作品。

〔註52〕同注45。

〔註53〕岑仲勉：〈論白氏長慶集源流并評東洋本白集〉：「《元序》謂居易罷杭，盡徵其文，代爲編集，居易係以長慶四年五月罷杭州，《序》又作於是年十二月，則此《序》中之「訖長慶二年冬」，顯「四年冬」之誤」，參見《岑仲勉史學論文集》，同注51，頁29。

〔註54〕同注45，頁6。

　　對於白居易前後集混淆的問題，謝思煒的研究無疑提供另一種較岑氏更周詳的論點。但若針對白居易的「閒適詩」來處理這個問題，筆者卻發現一種值得玩味的現象。根據朱金城《白居易集箋校》一書對閒適詩歌的繫年，筆者發現閒適詩的時間止於寶曆元年（825）；後集又出現長慶三年至寶曆元年間的詩歌。可見，長慶三年至寶曆元年成了前、後集閒適詩的重疊期，對於此現象又該如何解釋。由上可知，白居易詩歌確定爲閒適詩類別的 216 首中，分類的標準與詩作的擇選，不完全是白居易一人的意見，元稹也參與其中。若依照謝思煒的說法：前集理論上時間應止於長慶三年，但難免混入四年之作；三年的作品難免遺漏，直至編後集時，才又增補進去。這樣的說法是否能眞正釐清閒適詩的核心問題——定義與範圍，值得進一步商榷。

　　筆者擬將閒適詩的創作分前後兩期探討，前期又可分爲三個階段：元和十年貶官前的作品、江州司馬任內至長慶二年的作品、長慶三年至寶曆元年的作品，後期專指寶曆元年後的作品。前期第一階段的閒適詩分類確定由白居易自己編成，第二階段的閒適詩分類交由元稹代勞，第三階段的閒適詩由於前後集混淆問題，也使得閒適詩的數量必須重新考量，這是本章所要探討的重點。至於後期詩作爲何不復就內容上進行分類，改以形式而分類，又如何確立揀擇後期閒適詩的範圍，則將另立一章作進一步討論。希望藉由這些問題的探討，有助於理解白居易對閒適的界定與閒適詩的範圍。

一、元和十年貶官前的作品——白居易自訂閒適詩的意涵

　　由附錄二的「白居易閒適詩一覽表」可得出，此時期閒適詩創作的時間點從貞元十六年（800）到元和十年（815），所有詩作即《白居易集》中的卷五、卷六（除去〈舟行〉、〈溢浦早多〉、〈江州雪〉三首），共 98 首。依據樂天創作閒適詩的情況，分爲兩時期探討：

（一）為官期間創作的閒適詩

大都趁著為官閒暇之際〔註55〕，書寫或歌詠生活的閒適或於病假期間閒居在家的生活寫照，這期間體現的閒適，筆者稱之為「為官的閒適」，依據退公獨處、非獨處及為官當下這三種情況，探析書寫閒適詩的主題趨向。

1. 退公獨處體現的閒適

貞元十九年（8～03）樂天授與秘書省校書郎一職，居住在長安城常樂里，這裡原是德宗朝相國關播的私第，樂天住的便是這座宅第的東亭。〔註56〕對於長安這個天子腳下的城市，大多數的官人都汲汲追求名利，但樂天在詩中所描述的生活卻是截然不同，他描述當時的生活狀況說：

> 帝都名利場，雞鳴無安居。獨有懶慢者，日高頭未梳。工拙性不同，進退跡遂殊。幸逢太平代，天子好文儒。小才難大用，典校在祕書。三旬兩入省，因得養頑疏。茅屋四五間，一馬二僕夫。俸錢萬六千，月給亦有餘。既無衣食牽，亦少人事拘。遂使少年心，日日常晏如。勿言無知己，

〔註55〕白居易之所以能利用公餘之暇創作閒適詩，其中有一部份原因來自唐代的休假制度，《唐會要·休假》（卷八十二）記載：「（開元）二十五年正月七日敕：自今已後，百官每旬節休假，不入曹司。至天寶五載五月九日敕……自今已後，每至旬假休假，中書門下及百官，並不須入朝，亦不須衙集」，參見宋·王溥撰：《唐會要》（臺北：世界書局，1989年4月），頁1518～1519。因旬假予百僚休沐，又不須「入朝」或「衙集」，故休假的官員，可以充分利用其假日。除了休假制度，還有節期假，《唐會要》記載：「（開元）二十四年二月十一日敕：寒食、清明四日為假。至大曆十三年二月十五日敕：自今已後，寒食通清明休假五日。至貞元六年三月九日敕：寒食、清明，宜准元日節，前後各給三日」，參見前揭書，頁1518。《舊唐書》中也記載唐代官員有規定的假日，《舊唐書·德宗本記》詔：「比者卿士內外，左右朕躬，朝夕公門，勤勞庶務。今方隅無事，蒸庶小康，其正月晦日、三月三日、九月九日三節日，宜任文武百寮選勝地，追賞為樂」，參見同注5，頁366。

〔註56〕白居易〈養竹記〉：「貞元十九年春，居易以拔萃選及第，授校書郎，始於長安求假居處，得常樂里故關相國私第之東亭而處之」同注3，頁937。

> 躁靜各有徒。蘭臺七八人，出處與之俱。旬時阻談笑，旦
> 夕望軒車。誰能雠校閒，解帶臥吾廬。窗前有竹玩，門外
> 有酒酤。何以待君子，數竿對一壺。（〈常樂里閒居偶題十
> 六韻〉，頁 91 ）

長安被視爲名利追逐的場所，爭名奪利之徒在雞鳴之後展開了一天的
爭逐，往往不得安閒。卻獨有一人可以過著懶慢的生活步調，即使太
陽高升仍尚未進行梳洗，這便是樂天的生活寫照。相差甚大的生活步
調，樂天解釋爲：個人才性的工拙本不同，因而進退方式亦有所差異。
幸得逢太平盛世，又遇天子喜好文儒之士，才得以爲官。但自認才性
不足，難以擔任重職，小才畢竟難以大用，只能擔任校書郎一職。由
於校書郎一職官卑事少，不需要經常去秘書省上班，上班也沒有什麼
事要處理，正提供樂天養其頑疏之性的機會。其俸祿足可支應簡單的
生活，每月除了付房租和雇用兩個僕人外，還有一些餘額。他再也不
用爲衣食而操心，也不用爲人事所拘牽，經常過著晏如的日子，可以
與志同道合的朋友一起出遊、談笑，並以美竹及好酒與好友共歡然。

〈常樂里閒居偶題十六韻〉體現詩人利用不上班的時間，歌詠生
活的閒適，詩中透露獨處的心理狀態：一是，自認「才小」，安於現
狀，不貪求名利；二是，詩人盡情享受個人獨處時光，心中雖然企盼
友人的來臨，但對於這種生活型態仍是充滿自足之心。

「名利」對大多數人而言充滿著無限誘惑，但樂天卻另有一套想
法。對於名利，他則認爲「貧賤非不惡，道在何足避；富貴非不愛，
時來當自致。所以達人心，外物不能累」（〈感時〉，頁 92），自己並
非不討厭貧窮卑賤，但道之所在，又何必刻意逃避貧賤；對於富貴也
非不喜愛，只是認爲時機到便自有，不必強求，也不能強求。正說明
君子固窮，富貴有命的道理，所以通達事理的人，不會被這些名利外
物羈絆。即使日後官位升遷，樂天對名利的看法依舊如此，試看〈初
除戶曹，喜而言志〉一詩陳述的心志：

> 詔授戶曹掾，捧詔感君恩。感恩非爲己，祿養及吾親。弟

兄俱簪笏，新婦儼衣巾。羅列高堂下，拜慶正紛紛。俸錢四五萬，月可奉晨昏。廩祿二百石，歲可盈倉囷。喧喧車馬來，賀客滿我門。不以我爲貪，知我家內貧。置酒延賀客，客容亦歡欣。笑云今日後，不復憂空尊。答云如君言，願君少逡巡。我有平生志，醉後爲君陳。人生百歲期，七十有幾人。浮榮及虛位，皆是身之賓。唯有衣與食，此事粗關身。苟免飢寒外，餘物盡浮雲。（頁 98～99）

樂天初被授與京兆府戶曹參軍一職時，對皇上十分感恩。樂天對皇上的感恩，並不完全爲了自己，而是爲了贍養老母和家人。此時兄弟們也都著筆執笏，妻子穿著整飭，闔府同慶。戶曹參軍的月俸有五萬餘錢，每月還有剩餘。這時，車馬喧囂，賓客盈門，大家都來爲樂天道喜。朋友知其家境貧寒，不是爲了貪財而謀求此官。而今，便有錢可以置酒宴請賓客，自喜地說道：從今以後，招待賓客再也不用愁沒有酒了。其實，樂天平生的志向，並不在這些物質方面。他認爲人生短暫，生命有限，榮譽、名利都是身外之物，盡爲虛假。只有衣食才是人生最基本的要求，只求免使身體受飢寒之苦，其餘之物皆視作浮雲。

　　可知，榮華富貴非樂天追求的事物，反而是最基本的衣食之需，才是樂天關心的議題；若能免於飢寒之苦，便以此自足，甚至自樂。樂天能達到「身雖世界住，心與虛無遊」（〈永崇里觀居〉，頁 93）的境界，在於要求甚低，也易滿足：「朝飢有蔬食，夜寒有布裘；幸免凍與餒，此外復何求？寡欲雖少病，樂天心不憂」（同上），只要無衣食之缺，便不再多求其他東西，以此言自我的寡欲及心境無憂慮之虞，也因能身在紅塵間，心境卻能達到無拘束、虛無遨遊的境界。其餘如：

才小分易足，心寬體長舒。充腸皆美食，容膝即安居。（〈松齋自題〉，頁 96）

何須廣居處？不用多積蓄：丈室可容身，斗儲可充腹。況無治道術，坐受官家祿。（〈秋居書懷〉，頁 99）

> 飢止一簞食，渴止一壺漿；出入止一馬，寢興止一牀。此
> 外無長物，於我有若亡。（〈寄張十八〉，頁126）

皆體現樂天所求不高，幾乎都是基本的日常需求。因為抱持這種心態，才能在為官列中，過著屬於自己清閒的生活，不被名利羈絆成為盲從追求之徒。「心寬」則點出心態調整的重要性，標準降低，獲得的快樂與滿足相對地增大。順此脈絡而言，樂天認為所得已太多，小才的自己無實際政治才能卻能領受官俸，比起一般的老百姓實在是太幸福。言中雖過於自謙，但可看出樂天不僅安於現狀，並且能在不貪求名利的心態下，對照自身所得產生「知愧」心境。

身處長安城，不將長安城視為名利角逐之地，心中也無意追求非屬於自己的名利聲望，因而詩中體現出樂天另類的生活方式，就是歌詠「晏起」一系列的詩作：

> 而我長晏起，虛住長安城。（〈早送舉人入試〉，頁93）

> 歸來昭國里，人臥馬歇鞍。卻睡至日午，起坐心浩然。（〈朝
> 歸書寄元八〉，頁124）

> 寂靜夜深坐，安穩日高眠。（〈贈杓直〉，頁126）

晚起，成了樂天主要的生活型態，而且樂天筆下的晚起無任何的愧疚之意，甚至用「安穩」心境來形容晚起的行為。「虛住長安城」一語成了最佳的註解，也道出樂天居住長安城的心態與生活模式。

心態的調整，除體現對名利的漠視外，病假期間的閒適樂趣也是詩人強調的重點之一。任職盩厔縣尉，體會到地方官的忙碌，只能趁著病假期間才能享受片刻的閒適，以〈病假中南亭閒望〉一詩為代表：

> 欹枕不視事，兩日門掩關。始知吏役身，不病不得閒。閒
> 意不在遠，小亭方丈間。西簷竹梢上，坐見太白山。遙愧
> 峰上雲，對此塵中顏。（頁95）

欹著枕頭不看俗事，官舍的門連續兩日關閉，可見樂天請病假待在官舍內休息。此時才瞭解到：身為官吏，若不生病無法得閒的苦處。如

今幸得此閒，該如何享受閒意，樂天認為追求閒意不必遠求，官舍內方丈小亭便可得：在西簷下閒望遠處的太白山。見到太白山上朵朵白雲，如此悠閒來去，遠離塵世，對比自己的俗顏俗心，不禁產生羞愧之心。

　　詩中最後數語雖透露些許的無奈，但整體言之，仍有樂天獨特的處世方式。生病對許多人是不愉快的經驗，除了必須放棄平常的作息與工作，還得承受身體的病痛。但樂天反認為生病期間才有更多閒暇可以追求心境的閒適。因為為官期間若生病，是有病假可請。樂天便利用養病期間過自己想過的生活，這比起平日上下班機械的日子，可說是愜意許多。

　　至於詩人享受獨處的時光與快樂，除上面所言逼不得已的病假外，創作的機緣還可趁著退公之暇在官舍內或於城中附近的地點，追尋閒適的心情。在官舍內享受到的閒適風格較偏為平和、寧靜的一面。例如閒來無事，樂天就在官舍內閒望，如〈官舍小亭閒望〉一詩所云：「亭上獨吟罷，眼前無事時：數峯太白雪，一卷陶潛詩」（頁 95），遙望太白山的雪及閱讀陶潛詩歌，成了樂天閒適生活的最佳消遣。其他如：

> 況此松齋下，一琴數帙書。書不求甚解，琴聊以自娛。（〈松齋自題〉，頁 96）
>
> 坐臥茅茨中，但對琴與罇。身去韁鎖累，耳辭朝市喧；迢遙無所為，時窺五千言。（〈養拙〉，頁 99〜100）
>
> 獨在一牀眠，清涼風雨夕。（〈昭國閑居〉，頁 125）
>
> 有興或飲酒，無事多掩關。（〈贈杓直〉，頁 126）

樂天獨自在官舍內，最親近的朋友是琴、書、酒三樣，雖讀書卻不求甚解；彈琴也只是為了自娛；飲酒更是興致所至才飲，這一切的行為都不帶有功利性或目的性。坐臥茅茨中，不僅脫去外在的身份枷鎖，對於外在的喧擾也置身事外，有所為有所不為，不追尋眾人企求的名利，反歸於素樸，閱讀道家經典《老子》，藉以養其本真。或者在風

雨的夜晚，獨眠於官舍內，享受一夜的清涼。「無事多掩關」一語說明樂天對外界事物刻意保持一定的距離，正如他所言：「進不厭朝市，退不戀人寰。自吾得此心，投足無不安」（頁 126），達到朝市與人寰的雙重平衡，既不厭朝市，也不戀人寰。以此心應世，行爲便不會有太大的偏頗，舉手投足間無不處於安和狀態。

　　關於享受獨遊之樂，如在〈仙遊寺獨宿〉中所言：「幸與靜境遇，喜無歸侶催。從今獨遊後，不擬共人來」（頁 95），慶幸自己來到此靜地，又慶幸自己無伴侶催促的閒意，因而說道：此次獨遊後，也期盼自己下次再來此享受獨處之樂。又如〈題玉泉寺〉所云：「手把青筇杖，頭戴白綸巾。興盡下山去，知我是誰人」（頁 126），樂天手拄竹杖，頭戴白巾，獨自一人遊玉泉寺，盡興玩後又獨自下山返家，不講究排場，更不喜多人出遊，一人自由遊賞，才是樂天爲官閒暇之際樂於歌詠的閒意。〈朝迴遊城南〉更清楚表達退朝獨自出遊的閒趣：

> 朝退馬未困，秋初日猶長。回轡城南去，郊野正清涼。水竹夾小徑，縈迴繞川岡。仰看晚山色，俯弄秋泉光。青松繫我馬，白石爲我床。常時簪組累，此日和身忘。旦隨鵷鷺末，暮遊鷗鶴旁。機心一以盡，兩處不亂行。誰辨心與跡，非行亦非藏。（頁 127）

退朝時趁著馬未困倦，初秋之季白天仍長的時候，駕著馬往城南方向騎去，此時郊野氣候正清涼。水與竹夾道著小徑，整片圍繞著川岡。抬頭仰看傍晚的山色，低頭還俯弄秋泉的景致。馬繫於青松上，白石爲我鋪展成休憩的床。平常因官職的牽絆無法出遊，寄望哪天可以忘卻這些事務，享受白天尾隨在鵷鷺之列，傍晚遊玩在鷗鶴之旁的快樂。冀望忘卻世人所謂的機心，返回到本眞的生活型態，追求與大自然共享的野趣。

2. 退公與人同處所體現的閒適

　　居住長安城享受遊玩之樂，也是樂天欲強調的旨趣。在〈答元八

宗簡同遊曲江後明日見贈〉一詩說道：「長安千萬人，出門各有營；唯我與夫子，信馬悠悠行」（頁 92），出入長安千萬人各自都有營求的對象，只有樂天與元宗簡反眾人之道而行，獨自騎著馬在長安城中悠遊。名利之徒汲汲營營的行為與悠閒之人盡情享受美景的行為，形成強烈的對比。又如〈首夏同諸校正遊開元觀，因宿玩月〉所云：「我與二三子，策名在京師：官小無職事，閒於為客時」（頁 92），雖然身在京師，但由於官卑事少，反以一種悠閒為客的心態度日，在長安道觀中盡情與同官者遊玩，此中的快樂使得眾人「笑歌不知疲」。樂天還云：「長安名利地，此興幾人知」（同上），大眾眼中的名利地，樂天卻以遊玩的心態發掘出另一種長安不為人知的興味。

　　閒居在家的日子，若有好友來訪，更是樂天求之不得的樂事，試看〈喜陳兄至〉一詩所描述的：

> 黃鳥啼欲歇，青梅結半成。坐憐春物盡，起入東園行。攜觴懶獨酌，忽聞叩門聲。閒人猶喜至，何況是陳兄。從容盡日語，稠疊長年情。勿輕一盞酒，可以話平生。（頁 125）

在家的日子，聽見黃鳥的啼叫聲漸歇，青梅也半數結成果實，坐臥之中感受到春天將盡的寂寥，於是樂天決定入東園慢行。帶著酒獨自一人飲用，難免有些慵懶之情，忽然聽見叩門聲。有人來訪便足以歡喜，更何況是交情深厚的陳兄。歡喜地談盡平生事，更加深彼此的友誼。雖只是一杯酒，卻能與好友話盡無限事。可見，閒適的營造不在外在事物的堆砌，端在人心是否能體會悠閒、自在的感覺。

3. 為官當直所體現的閒適

　　身為政府官員，必須輪番值班，即使必須面對值班獨處的孤寂情況，詩人也有一套自處方式，如〈夏日獨直，寄蕭侍御〉一詩所說：

> 夏日獨上直，日長何所為。澹然無他念，虛靜是吾師。形委有事牽，心與無事期。中臆一以曠，外累都若遺。地貴身不覺，意閒境來隨。但對松與竹，如在山中時。情性聊自適，吟詠偶成詩。此意非夫子，餘人多不知。（頁 97）

炎炎夏日碰巧遇到自己一人值班，漫長的時間該如何度過，是詩中拋出最重要的問題，從中也可窺見值班一事，並非繁重的工作性質，只是必須耗時間待在那裡。面對這種情況，樂天以「澹然」、「虛靜」的心態應對，身體雖被外在公務牽絆，但內心仍處於無事可待的狀態。用曠豁之心面對，外在的累事便不存在。值班的宮廷禁內雖是貴地，但樂天卻不如此認為，反認為若是心閒，外在的環境也會跟著改變。值班期間只對著松與竹，如在山中的日子。情性本就聊以自適，吟詠出來便成詩，其中的真意若非本人實際體會，他人恐怕無法得知。禁中門禁森嚴，值班之事的機制與孤寂，在樂天筆下都被消解，還把值班的日子比喻為寧靜、悠閒的山中歲月。

即使在寒冷的冬天，與友人一同在禁中值班，草擬完詔書後，也可享有片刻的閒適，如〈冬夜與錢員外同直禁中〉一詩所寫：

> 夜深草詔罷，霜月淒凜凜；欲臥暖殘盃，燈前相對飲。連鋪青縑被，對置通中枕。縏髮百餘宵，與君同此寢。（頁96～97）

冬夜寒風，淒淒凜凜，樂天與錢徽二人夜深之際，草擬完皇上的詔書後，坐臥在被窩裡，暖上一壺酒，酌杯對飲，頓時間心裡暖呼呼的。寒冷的夜晚，還必須在皇宮內工作，幸好有老友相伴，才不至無聊。事情忙畢，兩人還可對坐酌飲，享受為官當下的閒適。

樂天即使在皇宮中值班，也不覺身心受到太大的拘束，因為他懂得利用為官閒暇之際，培養閒適之情，不論是獨處或是有人陪伴，情況皆相同。因而外人眼中門禁森嚴的禁中，在樂天眼裡有了不一樣的觀感，如〈禁中〉一詩所寫的：

> 門嚴九重靜，窗幽一室閒。好是修心處，何必在深山？（頁98）

對於官場的勾心鬥角、爾虞我詐的情形，樂天有所瞭解，因而常希望到深山中求清靜。但在皇宮值班的經驗，讓樂天突然間明白一件事，只要自心保持平穩、不躁，在哪裡其實都一樣，都可以修心，又何必一定要跑到深山之中！門禁森嚴的皇宮，由於很少人可以進來，樂天

常在此內廷辦公，平常的事務並不多，清靜又清閒的工作環境及內容，顯得很悠閒，正好是一個修身養性之處。

（二）丁憂退居渭村創作的閒適詩

退居渭村的生活對樂天而言可謂「憂喜參半」〔註57〕，一方面是母喪的悲痛必須回到家鄉守喪，另一方面也讓他暫時脫離政治環境，體會另一種不同的生活。〈効陶潛體詩十六首〉即是樂天從另一個面向說明閒居自處的方式：

> 余退居渭上，杜門不出，時屬多雨，無以自娛。會家醞新熟，雨中獨飲，往往酣醉，終日不醒。懶放之心，彌覺自得。故得於此而有以忘於彼者。因詠陶淵明詩，適與意會，遂傚其體，成十六篇。醉中狂言，醒輒自哂；然知我者，亦無隱焉。（頁104）

樂天先描述退居渭村的日子，幾乎足不出戶，又碰巧氣候多雨，寂寥生活無以自娛的情況，可見寫作動機是因退居及天氣多雨的特別處境下引發。正值家中自釀的酒可飲，便在雨中獨飲，終日酣醉，追尋懶放的心。藉由飲酒調節社會和自然的雙重困境，不發牢騷，而是主動自我調節，尋求平衡機制，即所謂「有以忘於彼」的方法，也就是在生活中另闢蹊徑。將「自娛」、「自得」作爲此時追求的標竿。從這一角度出發，他重新發現古代高士陶潛，並與之產生精神上的共鳴。詠

〔註57〕憂的是喪母的哀傷，例如在〈自覺二首〉之二中敘寫的感傷情調：「朝哭心所愛，暮哭心所親；親愛零落盡，安用身獨存？幾許平生歡，無限骨肉恩；結爲腸間痛，聚作鼻頭辛」，參見同注3，頁195。喜的是，有較多的個人時間，因爲白居易自元和六年四月喪母後退居下邽，至元和九年冬才重回長安任太子左贊善大夫，中間隔了三年半左右。但根據杜佑《通典》所錄的《開元禮》：「王公以下皆三月而葬，葬而虞，三虞而卒哭。十三月小祥……二十五月大祥……二十七月禫祭，玄冠皁縓，仍布深衣，革帶吉屨，婦人緇總，衣履如男子。踰月，復平常」（唐・杜佑撰、王文錦等人點校：《通典》，北京：中華書局，1992年6月，頁3437～3438），守喪二十七個月舉行禫祭之後，就算是正式除服了。換言之，白居易除服之後，還有一年多的時間待在下邽鄉間，沒有回京城當官。

其詩，感其意，遂仿其體而創作，成十六篇。並且在酣然酒興中，找到另一種人生方式。

再回頭審視爲官十年的日子，雖不算長，但樂天已感受到身心的不自由，也自知個性不適合政治環境的角逐，今日得返回家鄉、田園，彷彿對他而言是一種特別的體驗。因而，樂天常在詩中歌詠此時身心的自由：

> 身適忘四支，心適忘是非。既適又忘適，不知吾是誰。（〈隱几〉，頁110）

> 新浴肢體暢，獨寢神魂安。況因夜深坐，遂成日高眠。春被薄亦暖，朝窗深更閑。卻忘人間事，似得枕上仙。（〈春眠〉，頁110）

> 從旦直至昏，身心一無事。（〈閑居〉，頁111）

> 行止輒自由，甚覺身瀟灑。晨遊南塢上，夜息東庵下。人間千萬事，無有關心者。（〈蘭若寓居〉，頁113）

> 世役不我牽，身心常自若：晚出看田畝，閑行旁村落。（〈觀稼〉，頁117）

> 今來脫簪組，始覺離憂患。及爲山水遊，彌得縱疏頑。野麋斷羈絆，行走無拘攣。池魚放入海，一往何時還。（〈遊悟眞寺詩一百三十韻〉，頁123）

形體舒適了，便足以忘記四肢的存在，精神的愉快足以忘卻是非，形體和精神既舒適又可以忘卻這種舒適，如同忘卻了自我。忘卻了自我，便不需滿足自我而生的種種慾望，也就斷除了煩惱產生的根源，從而獲得眞正的自由與快樂。或描述在春天季節睡眠足以忘卻人間俗事；或是形容自己從早到晚，身心無事的閒適。由於舉止自由、瀟灑，因而可以過著白日出遊，夜晚返家休息的閒適的生活，並言人間諸多事，卻無一事可關心。由於無官職羈絆，身心常處於安閒自在的狀態，因而可以晚出看著田畝，或悠閒地沿著村邊走。離開官場始覺遠離憂患；遊玩山水之中才能放縱自我的疏頑本性，如同野麋切斷羈絆，行走無

拘束，也如同池魚被放歸入大海，一去不知道何時才能返回的心境，
都一再道出遠離官場後獲得的自由。

　　退居渭村的日子，由於脫離長安政治中心，又除去官職服喪，這
種情況體會出的閒適，當與爲官期間有所不同，最能反映此時心境的
詩作爲〈適意二首〉：

> 十年爲旅客，常有飢寒愁。三年作諫官，復多尸素羞。有
> 酒不暇飲，有山不得遊。豈無平生志，拘牽不自由。一朝
> 歸渭上，泛如不繫舟。置心世事外，無喜亦無憂。終日一
> 蔬食，終年一布裘。寒來彌懶放，數日一梳頭。朝睡足始
> 起，夜酌醉即休。人心不過適，適外復何求。

> 早歲從旅遊，頗諳時俗意。中年忝班列，備見朝廷事。作
> 客誠已難，爲臣尤不易。況余方且介，舉動多忤累。直道
> 速我尤，詭遇非吾志。胸中十年內，消盡浩然氣。自從返
> 田畝，頓覺無憂愧。蟠木用難施，浮雲心易遂。悠悠身與
> 世，從此兩相棄。（頁 111～112）

由於喪母的不可抗拒因素，樂天必須離開熟悉十年的官宦生涯，過著
一種類似隱居的生活，但也讓他重新思考之前的生活方式。因幼年家
境貧乏，過著顛沛不安定的生活，很晚始知有進士一途，直近三十歲
才踏入仕途，並且在中年進入中央服務。仕途的順遂讓他自覺所得甚
多，長懷尸素之愧。傳統士人唯一的出路便是「仕」，「士」與「仕」
往往劃上等號，踏上仕途等於一條不歸路，將自我奉獻給政治是其宿
命，再加上自身的的責任感和使命感，樂天深覺不自由，有酒無暇飲，
有山不得出遊。並非所有的士人都能適應政治環境，其中的背離性也
於是顯現。樂天自覺個性方直、耿介，容易招罪，不適合複雜的政治
環境。如何在其中取得調和、平衡之道，便是樂天要面對的問題。現
在，客觀上已經脫離政治環境，主觀上也要有相對應的變遷。此階段
接近「退隱」的生活，可以暫時脫離政治環境，因而樂天有如「不繫
之舟」般自由、無憂愧，將一切世事置之度外，無憂無喜，過著簡單、

懶放的生活，從中得「自適」之心。即言之，樂天認爲人的追求不過
是爲了適意，如果適意了，還有什麼可追求的呢？漫漫人世間，悠悠
身心累，從此都被摒棄、遺忘。

即使生病期間，也以「自適」之心應對，如〈首夏病間〉所敘述
的：

> 我生來幾時，萬有四千日。自省於其間，非憂即有疾。老
> 去慮漸息，年來病初愈。忽喜身與心，泰然兩無苦。況茲
> 孟夏月，清和好時節。微風吹袷衣，不寒復不熱。移榻樹
> 陰下，竟日何所爲。或飲一甌茗，或吟兩句詩。內無憂患
> 迫，外無職役羈。此日不自適，何時是適時。（頁 112）

樂天仔細核算自我的生命歲月，一共活了一萬四千日。自省這期間若
不是處於憂患便處於生病當中。年初時身體的疾病也漸漸好轉，忽然
覺得身心自若，再也無苦痛。況且又逢孟夏清和好時節，微風吹過衣
裳，讓人感覺到不寒也不熱的舒適。身心泰然無苦，可以品飲香茗，
吟詠詩句，內無心事憂患逼迫，外無官場職位的羈絆。因而，可以言：
今日不是恬適的日子，何時才是恬適的時候呢？生病期間或許心情並
非愉快，但初癒之喜，再加上身心無煩憂的處境，讓樂天不禁歌詠此
時的自適之情。也慶幸自己無憂患、職役的牽累，始能過閒適、自在
的生活。

閒居在家難免遇到寂寥時刻，樂天如何排解這種情緒，〈冬夜〉
有一番陳述：

> 家貧親愛散，身病交遊罷。眼前無一人，獨掩村齋臥。冷
> 落燈火闇，離披簾幕破。策策窗戶前，又聞新雪下。長年
> 漸省睡，夜半起端坐。不學坐忘心，寂寞安可過。兀然身
> 寄世，浩然心委化。如此來四年，一千三百夜。（頁 120）

家境貧困、親人離散，身體生病、交遊中斷。眼前無一人陪伴，獨自
於村齋中坐臥，冷落、寂寥景象再加上窗外的新雪紛飛，更顯冬夜的
寒冷。漫漫長夜該如何度過，樂天提出「坐忘心」一法，借用莊子所

言的「坐忘」〔註58〕，消解外在的萬象，不僅墮肢體，還黜聰明，「離形去知」的方式達到與萬物同一的境界。最後並言夜半起來端坐，培養坐忘心的行為已接近四年，共有一千三百夜。透過坐忘的修養，排遣悲痛、孤獨的心境，即使目前自身處境不佳，樂天也不願身陷其中，讓自身痛苦。

　　樂天雖常以身心無事、自由的狀態形容此時心境，但面對外人的不理解，該如何看待，且看〈歸田三首〉之三的陳述：

> 三十為近臣，腰間鳴佩玉。四十為野夫，田中學鋤穀。何言十年內，變化如此速。此理固是常，窮通相倚伏。為魚有深水，為鳥有高木。何必守一方，窘然自牽束。化吾足為馬，吾因以行陸。化吾手為彈，吾因以求肉。形骸為異物，委順心猶足。幸得且歸農，安知不為福。況吾行欲老，瞥若風前燭。孰能俄頃間，將心繫榮辱？（頁114）

三十歲為皇帝的近臣，腰間佩帶著能發出聲響的玉佩；四十歲回到鄉間作個鄉野村夫，在田間學習鋤穀事，這十年的榮辱變化在外人眼中是如此巨大。其實，「窮通相倚伏」的道理本就存在，仕途上的窮通本就一體兩面。如同魚、鳥各有適合的生存環境，又何必拘守一方，反使自己受窘迫。外在形骸的變化不足道，重要者在心境的調適，如今幸得歸為農夫，尚有田可耕種，怎能說這不是福分呢？況且年將老邁，轉眼間有如風前的殘燭。誰又能在頃刻之間，將心繫於榮辱呢？以此說明：若能委順隨窮通的變化，不讓己心被榮辱牽絆，內心便能擁有自足之樂。

　　「知足」心態在此時又出現在詩中，通常都以不如己者為比較對象，從中獲得滿足感，試看底下這些詩句：

> 天地自久長，斯人幾時活。請看原下村，村人死不歇。一村四十家，哭葬無虛月。指此各相勉，良辰且歡悅。（〈九

〔註58〕《莊子・大宗師》：「仲尼蹙然曰：『何謂坐忘？』顏回曰：『墮肢體，黜聰明，離形去知，同於大道，此謂坐忘」，郭慶藩輯：《莊子集釋》（臺北：華正書局，1997年11月），頁284。

日登西原宴望〉，頁 115）

> 或有終老者，沈賤如泥沙。或有始壯者，飄忽如風花。窮
> 餓與夭促，不如我者多。以此反自慰，常得心平和。（〈寄
> 同病者〉，頁 115）

> 四鄰尚如此，天下多夭折。乃知浮世人，少得垂白髮。余
> 今過四十，念彼聊自悅。從此明鏡中，不嫌頭似雪。（〈聞
> 哭者〉，頁 117）

天地歲月雖具無限延長性，但人的生命畢竟有限。重陽節與兄弟登上
西原俯瞰底下的村落，感嘆村人相繼去世的情景。一村四十戶人家哭
葬之事的頻繁，無一戶能倖免，而自己今日能與諸兄弟登高望遠，已
是一種難得的機會，面對自身的存在更該相勉且歡樂。雖然自身的處
境非絕佳，但反思他人的窮困、夭折與死亡，更慶幸自己仍屬於幸福
的一群，以此得到心境的平和。即使壯年時期已滿頭白髮依然自我喜
悅，畢竟夭折之人太多，今幸得白髮，應更加歡喜而不該嫌棄。自己
總會對現狀有所不滿足，但樂天找到一條途徑，藉由「觀看別人，反
思自己」的行為當中，尋找自己優於別人的地方，以此安慰、自足。

　　自由、知足的心境下，對名利、富貴更是看得輕，因而對達官貴
人的生活樣貌自有一番省思與告誡，如〈遣懷〉所言：

> 寓心身體中，寓性方寸內。此身是外物，何足苦憂愛？況
> 有假飾者，華簪及高蓋。此又疏於身，復在外物外。操之
> 多惴慄，失之又悲悔。乃知名與器，得喪俱為害。頹然環
> 堵客，蘿蕙為巾帶。自得此道來，身窮心甚泰。（頁 109）

此「心」寄寓在身體中，「性」又寄寓在方寸之心內。既然身體乃是
外物，又何必太過苦憂。況且還有一些人穿戴華簪、住於高蓋之中，
殊不知華簪及高蓋都非與身體密切相關之物，只能算是外物之外的物
品。這些東西若擁有太多，容易產生憂懼，失去了又會悲悔不已。可
知，名器之物得失間俱是一種危害，還不如過著儉樸的生活，雖然身
窮心卻保持安泰。〈遣懷〉詩中先對名利有了一番省視，〈閑居〉一詩
進而舉實例說明達官貴人的憂患處境：

心足即爲富，身閑乃當貴。富貴在此中，何必居高位。君
看裴相國，金紫光照地。心苦頭盡白，纔年四十四。乃知
高蓋車，乘者多憂畏。（頁 111）

富貴的眞意在於「心足身閑」，不必居於高位才稱得上富貴。試看裴相
國才四十出頭就高官厚祿，位極人臣，可惜在政治鬥爭中，弄得身心
憔悴，滿頭銀絲。由此可見，居於高位多處於憂畏的情境，時常恐懼
自己已得的名利聲望消失不見，爲了名利卻要犧牲個體的自由，並且
整日憂惕不已，唯恐失之。外在的富貴並不代表身心眞的處在富貴
中。

（三）本時期閒適詩的特色

綜上所述，白居易自行分類的閒適詩中，已見「知足保和」的呈
現與「情性」的開展，主要呈現以下幾個面向：

1. 自認「才小」，珍惜目前所擁有的事物，不做過份的要求

這類詩作著重描述樂天有自知之明，能坦然面對自己，對擁有之
物容易感到滿足，因而可以在長安名利之地享受遊玩的樂趣，甚至藉
助宗教出世的力量過著自適的生活。即使居官位，也持一份「知愧」
的自省心，相關作品如下：

卷五，閒適一：〈長樂里閑居，偶題十六韻〉、〈答元八宗簡同遊
曲江後明日見贈〉、〈首夏同諸校正遊開元觀，因宿玩月〉、〈秋居書
懷〉。

卷六，閒適二：〈自題寫眞〉、〈觀稼〉、〈詠拙〉、〈遊悟眞寺詩一
百三十韻〉。

2. 對於名利之物，以「曠達」心應對

將名利視爲外物，貧賤富貴既不是個人可以決定，還不如看得破，
以曠達心面對。因而能以平常心度日，除衣食溫飽外，別無名利心的
追求。對時下流行的長生之術也是持相同的態度，相關作品如下：

卷五，閒適一：〈感時〉、〈早送舉人入試〉、〈官舍小亭閑望〉、〈初

除戶曹，喜而言志〉、〈養拙〉〈贈王山人〉。

卷六，閒適二：〈遣懷〉、〈閑居〉、〈晚春沽酒〉、〈寄張十八〉。

3. 不需外在環境的配合，隨處安逸的心態

例如〈永崇里觀居〉：樂天於幽靜的永崇里觀居住體會到「真隱豈長遠？至道在冥搜」，人何必一定要到深山遠地中追求隱居，重要的在於心境的調適。因而在幽境中能享受獨遊之樂；與其他官員值班於禁中，也能享受夜晚閒適之情，相關作品如下：

卷五，閒適一：〈仙遊寺獨宿〉、〈冬夜與錢員外同直禁中〉、〈和錢員外禁中夙興見示〉、〈禁中〉、〈贈吳丹〉、〈清夜琴興〉。

卷六，閒適二：〈渭上偶釣〉、〈隱几〉、〈蘭若寓居〉、〈閑居〉、〈冬夜〉、〈朝歸書寄元八〉、〈贈杓直〉、〈題玉泉寺〉、〈朝回遊城南〉。

4. 以不足為滿足，適時轉換心境

對一般人而言，疾病、衰老、退隱的生活總覺哀嘆，有所不足，但樂天卻能在外人言不足處大唱知足，因為能適時轉換心境，從另一種角度看待事情，相關作品如下：

卷五，閒適一：〈病假中南亭閑望〉。

卷六，閒適二：〈首夏病間〉、〈適意二首〉、〈歸田三首〉之第三首、〈寄同病者〉。

由上述對閒適詩的分析，可知詩中歌詠的意境真實反映詩人的心裡感受，正如樂天自云：「情性聊自適，吟詠偶成詩」，企圖透過詩歌創作吟詠真實情性，而這情性又不冀求別人理解，只求自知、自適。不論居官或退居時期，詩中言自我的真實個性不外乎：懶慢、頑疏、剛狷、方介、疏慵、拙直等特質，並以此自足、安分，唯有如此才能高詠閒適的生活，過著晏如、委順、曠達、恬淡的日子。由這些特質歸納得出：閒適詩欲強調的本色當為疏理自身情性的部分，不受外在道德標準或世人眼光侷限，過自己想過的生活方式，以此達到自娛、自適的目的。

二、江州司馬任內至長慶二年的作品——元稹代輯閒適詩的傳承性

（一）白居易將作品交由元稹分類之原因探析

　　樂天在元和十年提出一套詩歌分類系統，對詩歌有一定的分類、取捨標準。元和十年至長慶二年間的詩作，數量累積到上千首，樂天當有能力及理想為自己的詩歌進行第二次分類工作，但奇妙的是，這次分類工作竟委託好朋友元稹幫忙，其中的原委值得進一步探索。

　　樂天的交友圈廣泛，但與元稹的交情算是較特別，也最為篤實。元稹（779～831）小樂天七歲，但與樂天同年試書判拔萃科登第，第二年春兩人同授校書郎工作，他們一開始的結識就如樂天所言：「憶在貞元歲，初登典校司；身名同日授，心事一言知」〔註59〕，仕途初期的朝夕相處，奠定兩人終生的友誼基礎。之後為準備才識兼茂明於體用科的考試，兩人在華陽觀閉門苦讀，四月同時及第。微之授左拾遺，樂天授盩厔尉，各開啟了兩人的政途。官職、際遇的不同，使得兩人並不常碰面，陳家煌就歸納出元白二人在元和時期，在一齊的時間非常少，大都分隔兩地。〔註60〕即使兩人身處異地，維繫友誼的方式仍以和詩或贈詩為主，如樂天所云：「故自八九年來，與足下小通則以詩相戒，小窮則以詩相勉，索居則以詩相慰，同處則以詩相娛」〔註61〕，藉著詩歌達到相戒、相勉、相慰以及相娛的目的。這樣的交情可謂「待一朝結識、抵掌立交，便有著理智的認取與情感的聯繫，從此，對方便在自己生命中占有一席之地」〔註62〕，確實如此，兩人

〔註59〕參見〈代書詩一百韻寄微之〉一詩，同注3，頁245。樂天於此句下自注：「貞元中，與微之同登科第，俱授秘書省校書郎，始相識也」。

〔註60〕陳家煌在論文中比對元白二人的年譜後，發現「元和時期，元白兩人生活在一齊的時間是非常少的，兩人大都分隔兩地」，詳見陳家煌：《白居易生命歷程對詩風影響之研究》（高雄：國立中山大學中國文學系碩士論文，1999年），頁24～25。

〔註61〕參見〈與元九書〉，同注3，頁965。

〔註62〕曹淑娟：〈人間情愛的關注〉，收入蔡英俊主編：《抒情的境界》（臺北：聯經出版社，1996年6月），頁231～232。

對詩歌皆有著相同的愛好，彼此也相知相惜，樂天把元稹視爲知己，常渴望將自己的作品寄與元稹分享，如〈自詠拙什，因有所懷〉一詩表現出知音難尋與渴望之情：

> 時時自吟詠，吟罷有所思：蘇州及彭澤，與我不同時。此外復誰愛？唯有元微之：趁向江陵府，三年作判司。相去二千里，詩成遠不知。（頁 118）

此詩創作於元和七年（812）〔註63〕處於渭村期間。感於自己的詩作找不到知音的些許落寞、惆悵。一來，詠歎自己與陶潛及韋應物處於不同時空下，無法覓得知音之苦；二來，感於當今文壇上只有元稹懂得自己詩歌的創作理念，但卻歎元稹遠貶至江陵，與自己相去二千里，路途的遙遠阻斷了一切的可能性，即使完成詩作，也不見得能送達對方的手中。

　　雖然當時有這樣的感歎，但之後的詩作或文章皆有具體表達元白二人藉詩歌交遊的情況，陳家煌也曾指出這個現象：「在元白的交誼中，有一個比較特別的現象，就是他們的詩歌寫作如果累積到一定的份量時，會固定地將自己的詩歌整理後寄給對方閱讀，這個習慣從元稹被貶江陵開始一直持續到元稹去世爲止，而這種閱讀彼此的詩歌作品也成爲維持兩人友誼的主要方式」〔註64〕。元稹在〈白氏長慶集序〉也提到此現象：

> 予始與樂天同校秘書之名，多以詩章相贈答。會予譴掾江陵，樂天猶在翰林，寄予百韻律詩及雜體前後數十章。是後，各佐江、通，復相訓寄。（頁 1）

元稹憶其與樂天同以秘書省校書郎一職相識，並開始用詩章作爲贈答的內容。之後，元稹先被貶至江陵，但樂天仍待在翰林學士院，當時的樂天常寄百韻律詩及雜體，前後共數十章給元稹。直到後來，兩人分處於江州、通州，又開始以酬唱、贈答的交友方式，聯絡彼此的感情。

〔註63〕同注20，頁332。
〔註64〕同注60，頁24。

　　由上述的論點可知，樂天與元稹常藉由詩歌酬唱方式分享彼此的詩作。至於詩歌分類觀念，元稹比樂天還早實踐。元稹貶至江陵時，曾應李景儉之請著手編集自己的詩歌〔註65〕，區分爲古諷、樂諷、古體、新題樂府、五言律詩、七言律詩、律諷、悼亡、今體豔詩、古體豔詩，共十類。在〈敘詩寄樂天書〉一文表達出自己對詩歌的分類標準：

> 其中有旨意可觀，而詞近古往者，爲古諷。意亦可觀，而流在樂府者，爲樂諷。詞雖近古，而止於吟寫性情者，爲古體。詞實樂流，而止於模象物色者，爲新題樂府。聲勢沿順屬對穩切者，爲律詩，仍以七言、五言爲兩體……自十六時，至是元和七年矣，有詩八百餘首，色類相從，共成十體，凡二十卷。〔註66〕

詩歌中具有一定規勸旨意，體裁近於古體者，劃分在「古諷」類中；其旨意可觀，體裁近於樂府者，劃分爲「樂諷」類；體裁雖近古，但內容止於吟詠性情，則爲「古體」類；體裁雖近樂府，內容則止於模寫外在物象者，歸入「新題樂府」。具有一定的聲律及對仗等形式講究者，則爲「律詩」類，仍以七言律詩、五言律詩爲兩種類別。分類的詩歌止於元和七年，共有詩八百餘首，依照一定的標準，將相同類型的詩歌分門別類，共成十體，凡二十卷。由上述引言，可知元稹對詩歌分類相當細膩，詩歌的形式、內容都無所偏廢。

　　之後，樂天在元和十年著手整理自己的詩作時，元稹對作品的編排法也許對其產生影響。〔註67〕鑑於元稹的分類太過龐雜，因而將自

〔註65〕元稹〈敘詩寄樂天書〉：「適值河東李明府景儉在江陵時，僻好僕詩章，謂爲能解，欲得盡取觀覽，僕因撰成卷軸」，見元稹撰：《元稹集》（臺北：漢京出版社，1983年10月），頁352。

〔註66〕同注65，頁352～353。

〔註67〕陳寅恪先考察元稹〈敘詩寄樂天書〉一文與白居易〈與元九書〉一文的寫作時間先後，得出微之寫定其詩成爲十體二十卷，疑即在元和七年。較之樂天之類分其詩爲十五卷，其時間或稍在前，未可知也。或者樂天詩之分類即受元之影響暗示，如樂天之制誥亦依微之之說，分爲新舊兩體，亦可爲一證也。詳見陳寅恪：《元白詩箋證稿》（北京：三聯書店，2001年4月），頁343。

己的詩作類分爲諷諭、閒適、感傷、雜律四類。尤可注意的一點是，元稹將「止於吟寫性情者」劃分在「古體」類，樂天吟詠情性的部分置於「閒適」類，而閒適詩又全爲古調詩，可見兩人皆認同古體詩有助於情性的抒寫。由此可見，元稹類分樂天閒適詩考慮的兩大要素，一爲形式，二爲內容取向。形式方面必須符合古調詩，內容方面則必須符合吟詠情性。也才會形成四卷閒適詩雖由不同人分類，但形式及內容的相似度卻是極高，形式方面皆爲五古詩，內容方面也盡可能收錄樂天吟詠情性的詩歌。

　　由上得知，樂天常不辭辛勞將自己的詩作寄與元稹分享，詩歌的分類標準也受元稹影響。選擇元稹作爲類分自己詩作的最佳人選，除了友誼的深厚，贈答的頻繁，以及相似的詩歌分類取向，到底還有什麼動力推動樂天這項決定。筆者試圖從整個時代脈絡爬梳這個概念。

　　任何文學現象的出現都有其社會歷史條件和文學自身發展的原因，中唐時代詩派的出現也是如此。從文學發展本身來看，盛唐詩人創作了詩歌高峰期，代表詩歌集大成的極境，往後的詩歌該如何進一步發展，正等待著回答。此時活躍在詩壇的一批人是「大歷十才子」，他們主要創作活動集中在大歷、貞元間，關於這一時期的詩風，羅宗強曾概括地說：

> 大歷初年至貞元中這二十幾年，隨著創作中失去了盛唐那種昂揚的精神風貌，那種風骨，那種氣概，那種渾然一體的興象韻味，而轉入對於寧靜、閒適，而又冷落與寂寞的生活情趣的追求，轉入對於清麗、纖弱的美的追求，在理論上也相應地主張高情、麗辭、遠韻，著眼於藝術形式與藝術技巧的理論探討。〔註68〕

大歷十才子經歷過安史之亂的浩劫，體會到的感受無可避免地反映在文學創作上，與盛唐的那番大氣象也所有不同，羅宗強正從此點著手

〔註68〕羅宗強：《隋唐五代文學思想史》（北京：中華書局，1999 年 8 月），頁 158。

論述大歷十才子的文風。認為大歷十才子詩風失去盛唐追求的風骨、氣概，轉向日常生活以及形式技巧的追求。

　　貞元後期至元和前期，這些詩人相繼去世，退出詩壇，韓愈、孟郊、白居易、元稹、柳宗元、劉禹錫等人正躍躍欲試，各自想在詩壇有所發揮。之後，逐漸在文壇上形成兩大流派，一為韓孟詩派，二為元白詩派。兩大詩派有其基本上的差異，劉曾遂曾用幾句精鍊的話概括：「韓孟、元白兩大詩派都有志於力矯時弊，開創新風，但兩派所取的途徑不同：元白派趨時的一面較為突出；韓孟派復古的傾向十分顯著」〔註69〕，元白的尚俗與韓孟的尚奇，成了當時顯著的文學現象。

　　兩大詩派的領導者——韓愈與白居易，其交遊的情況歷年來漸有學者從事這問題的探討〔註70〕，大都認為韓、白兩人交遊次數相當少，同處一個文學環境，又各自成立詩派，互相爭勝的意味相當濃厚。白居易比韓愈小四歲，但無論步入仕途還是成名詩壇，都要比韓愈晚得多，當韓愈已成為文壇領袖時，白居易尚無多大名氣。研究中還指出韓愈對白居易存有一定的成見，緣由在於白居易與元稹走一條與韓愈完全不同的路線，最後卻得到廣大民眾的認同，這個現象對韓愈而言是一大衝擊。樂天從長安貶官江州，數千里旅途中也目擊自己的詩作風行於社會各階層〔註71〕，但其實他心中真正認定的詩歌又不同於世俗之人欣賞的類型，樂天自言：

　　　今僕之詩，人所愛者，悉不過「雜律詩」與〈長恨歌〉已下

〔註69〕　劉曾遂：〈試論韓孟詩派的復古與尚奇〉，《浙江學刊》1987 年第 6 期，頁 65。

〔註70〕　例如：朱琦：〈論韓愈與白居易〉，收入中國唐代文學學會主編：《唐代文學研究》第四輯（桂林：廣西師範大學出版社，1993 年 11 月）；劉國盈：〈韓愈和白居易交游考〉，《北京社會科學》1997 年第 1 期；鄧新躍：〈韓愈白居易文學交游考〉，《中國韻文學刊》2000 年第 2 期；吳鶯鶯：〈張籍與韓愈、白居易的交游及唱和〉，《湘潭師範學院學報》（社會科學版）2001 年第 6 期。

〔註71〕　〈與元九書〉：「自長安抵江西三四千里，凡鄉校、佛寺、逆旅、行舟之中，往往有題僕詩者士庶、僧徒、孀婦、處女之口、每每有詠僕詩者」，同注 3，頁 963。

耳。時之所重，僕之所輕。至於「諷諭」者，意激而言質；
「閒適」者，思澹而詞迁：以質合迁，宜人不愛也。（頁 965）

樂天明瞭自己詩作爲人喜愛的部分，多爲「雜律」類以及感傷詩的〈長恨歌〉一篇。世俗看重的詩歌類型，卻不是樂天所重視的。樂天重視的詩歌類型是「諷諭詩」及「閒適詩」。自己爲諷諭詩及閒適詩下定義，主張「諷諭」者，思想激切，言語樸質；「閒適」者，情趣閒淡，文詞和緩，樸素的語言加上和緩的文詞，自然不爲一般人所喜愛。

接著又云：「今所愛者，並世而生，獨足下耳。然千百年後，安知復無如足下者出而知愛我詩哉」（同上），可見樂天認爲當今世上，只有元稹一人稱得上是詩友。因而，元白二人才會有如此頻繁的詩歌酬唱往來，並在政途困頓之時整理詩作，將自己對詩歌的看法，寫成〈與元九書〉一文，與元稹共同分享詩歌理念與想法。再根據元稹所言：「而樂天〈秦中吟〉、〈賀雨〉諷諭等篇，時人罕能知者。然而二十年間，禁省、觀寺、郵候牆壁之上無不書，王公、妾婦、牛童、馬走之口無不道」〔註72〕，樂天創作的諷諭詩，當時的人卻很少知道，流行於民間大眾的詩類則是篇幅短小，易於吟頌的律詩。

元稹在〈白氏長慶集序〉所指的「時人」，指長慶末年而言，社會上許多讀者對這種以補察時政得失爲目的的諷諭詩逐漸失去了興趣，因而元稹才言諷諭一系列的詩篇已爲人所不知。〔註73〕但在早些時候，樂天的諷諭詩也是流傳甚廣，元稹在〈酬樂天餘思不盡加爲六韻之作〉自注云：「樂天先有《秦中吟》及《百節判》，皆爲書肆市賈題其卷云：『白才子文章』」〔註74〕，在當時售書業不發達的情況下，

〔註72〕元稹〈白氏長慶集序〉，同注3，頁1。
〔註73〕曾廣開在〈元和體概説〉一文提到：「長慶末年，此時功利主義詩歌思潮已接近尾聲，特別是唐室中興的幻夢已經開始破滅，元白等人希望通過諷諭詩來干預現實政治、革除弊政的設想已被證明沒有實現的可能性，社會上許多讀者對這種以補察時政得失爲目的的諷諭詩漸漸失去了興趣」，收入湖北大學中國古代文學學科編：《中國古代文學論集》（北京：中華書局，2002 年 1 月），頁 284～285。
〔註74〕同注65，頁247。

樂天的《秦中吟》已經可以在書肆出售。樂天在〈與元九書〉中也自言：「又昨過漢南日，適遇主人集眾樂，娛他賓。諸妓見僕來，指而相顧曰：此是〈秦中吟〉、〈長恨歌〉主耳」（頁 963），以聲色娛人的歌妓也熟知政治色彩極濃的〈秦中吟〉，可知〈秦中吟〉在當時流傳甚廣。即使如此，樂天依舊認為諷諭詩的流傳不如雜律類及感傷類，因而〈與元九書〉的後文才會提到時人並不愛諷諭詩。

　　可見，當時文壇詩派的爭奪，世人對樂天特定詩類的偏愛，都促使樂天積極謀求知己，欲讓自己的詩歌流傳不已。晚年時期將自己的詩作分藏在五處〔註75〕，也是這種心態的延續。茫茫人海中找尋到元稹一人，是幸事，即使兩人詩風不同〔註76〕，樂天仍願意將自己的詩作與元稹分享，並請託元稹代為分類。這可說是當時文壇的奇特現象。

（二）元稹類分出的閒適詩

　　由附錄二「白居易閒適詩一覽表」可得出，此時期閒適詩數量共八十六首，包含卷六，二首：〈溢浦早冬〉、〈江州雪〉，卷七全部五十八首，卷八從〈長慶二年七月自中書舍人出守杭州，路次藍溪作〉一詩到〈吾雛〉，共二十六首。此階段的詩作雖由樂天創作，但最後卻交由元稹代為分類，因而此階段的閒適詩是由元稹揀擇而出，也代表元稹盡量依照樂天對閒適詩的定義，對其後的詩作進行分類工作，使其性質達成一致。底下先探討元稹揀擇出的閒適詩特色，次言元稹對

〔註75〕白居易：〈白氏長慶集後序〉：「前後七十五卷，詩筆大小凡三千八百四十首。集有五本：一本在廬山東林寺經藏院，一本在蘇州南禪寺經藏內，一本在東都勝善寺鉢塔院律庫樓，一本付姪龜郎，一本付外孫談閣童。各藏於家，傳於後」，見同注3，頁 1553。

〔註76〕關於元白二人詩風的差異，前人已多有論述，如唐代的李肇於《國史補》中云：「學淺切於白居易，學淫靡於元稹」，見陳友琴編：《白居易資料彙編》（北京：中華書局，1986 年 1 月），頁 20；清葉燮於《原詩》中云：「元稹作意勝於白，不及白春容暇豫。白俚俗處而雅亦在其中，終非庸近可擬」，見陳友琴編：《白居易資料彙編》，頁 251。

閒適詩的定義是否與樂天一致。依據元稹擇選出的閒適詩，分兩時期探討其特色：

1. 居郡都創作的閒適詩

　　樂天剛到一個陌生環境，見到異鄉的一景一物，難免興起懷鄉之念，〈溢浦早冬〉與〈江州雪〉便是這種心境下的產物：

> 潯陽孟冬月，草木未全衰。衹抵長安陌，涼風八月時……蓼花始零落，蒲葉稍離披。但作城中想，何異曲江池。(〈溢浦早冬〉，頁 127)

> 新雪滿前山，初晴好天氣。日西騎馬出，忽有京都意。(〈江州雪〉，頁 127)

潯陽郡的孟冬月，草木尚未全衰落，這景象讓樂天回憶起長安之景，心想這景象若在長安城中，大概是屬於涼風的八月時節。蓼花開始凋落，蒲葉也漸離開枝頭，這番情景如同長安的曲江池。潯陽郡的新雪已經覆蓋整個廬山，趁著初晴的好天氣，傍晚時分騎著馬獨自出遊，忽然覺得眼前的雪景與京城長安城南的終南山雪景頗為相似。詩中透露著不適應、懷念長安的情緒，這樣的心態在早期的江州時期相當顯著。

　　直到登上潯陽樓後，俯瞰潯陽郡的整個山水美景，才使閒適詩的創作進入另一個階段，先分析〈題潯陽樓〉中所言：

> 常愛陶彭澤，文思何高玄。又怪韋江州，詩情亦清閒。今朝登此樓，有以知其然。大江寒見底，匡山青倚天。深夜溢浦月，平旦鑪峯烟。清輝與靈氣，日夕供文篇。我無二人才，孰為來其間。因高偶成句，俯仰愧江山。(頁 128)

樂天喜愛陶潛創作詩歌的高妙風格，也驚嘆韋應物能創作清閒的詩風。今日登上潯陽樓，才知道陶韋二人詩歌具有高玄、清閒風格的原因，在於江州的自然美景。長江水在冬季時清澈見底，廬山聳立於大江邊，有如高倚雲天。深夜溢浦月亮的清光，清晨香鑪峯的雲霧，皆提供作詩的材料。最後，樂天自認無陶韋二公的才能，因而創作的詩寫得不

好，無法把美麗的河山表現出來，實在有愧。這首詩表面上在歌頌樂天對陶淵明及韋應物的景仰之心，但實際上樂天是藉著登臨俯瞰的姿態，言江州風景的美好，並以此爲素材豐富詩歌的內容。

　　遊玩之時創作出的詩歌，又不完全只有遊玩、記述的意涵，若僅止於此，這些詩作就該稱爲「遊記」類而非列入「閒適」類。所以，遊玩之外，心境的抒發與書寫才是創作要旨，這樣的旨趣可從〈讀謝靈運詩〉一詩窺得：

> 吾聞達士道，窮通順冥數。通乃朝廷來，窮即江湖去。謝公才廓落，與世不相遇。壯志鬱不用，須有所洩處。洩爲山水詩，逸韻諧奇趣。大必籠天海，細不遺草樹。豈惟玩景物，亦欲攄心素。往往即事中，未能忘興諭。因知康樂作，不獨在章句。（頁131）

此詩先以「說理」方式呈現，認爲通達之人對於通窮有一定的認知，他們順從天命的安排，「窮則獨善其身，達則兼善天下」是他們的處世原則。謝靈運擁有才氣卻與世格格不入，不被當權者欣賞。滿腔的理想抱負不得實現，憤懣之意有必要散發、寄託在別處。他選擇的途徑是創作「山水詩」，玄妙的詞章蘊含著奇妙情致。詩歌的內容大則籠括天海，小則不遺漏掉草樹，相當鉅細靡遺。但是謝靈運寫作山水詩，不單爲了欣賞大自然的景物，也是爲了抒發自己的情懷。往往以眼前的事物爲題材創作詩歌，其中都帶有寓意寄託。因而讀謝靈運的詩，不應停留在分析章句上，更應深入理解它的內在意涵。

　　藉著閱讀謝靈運的山水詩作，樂天也在其中隱括相同的意涵，描述山水佳作詩歌有其內在深層的意義，不可忽略。因而，樂天描述江州的山水佳作，也往往利用外在景物書寫內心的情懷，以〈春遊二林寺〉爲例：

> 下馬西林寺，翛然進輕策。朝爲公府吏，暮作是靈山客。二月匡廬北，冰雪始消釋。陽叢抽茗芽，陰竇洩泉脈。熙熙風土暖，藹藹雲嵐積。散作萬壑春，凝爲一氣碧。身閒易飄泊，官散無牽迫。緬彼十八人，古今同此適。昔永、

> 遠、宗、雷等十八賢同隱於二林寺是年淮寇起，處處興兵
> 革。智士勞思謀，戎臣苦征役。獨有不才者，出中弄泉石。
> （頁 133）

詩分爲兩部分來看，前半部著重說明遊二林寺的機緣與描述二林寺中
見到的春景，以描述成分居多。後半部則進入抒懷，先慶幸自己身閒
官散，無太多職役的牽絆，才容易有澹泊的心境。遙想十八賢隱於二
林寺的場景，緬懷之中也帶有自況的意味。面對當今政局的不安定，
兵亂的紛起，智士必須費盡心思謀求策略；戎臣也必須奔波於征役，
唯有「不才者」，才能在山中玩弄自然景色。這是樂天對遠謫遭遇做
出的自解之道——以大自然的形貌安頓自身。

　　遭遇貶謫還能歌詠身心的閒適，除了上述所言徜徉自然山水的移
情作用外，心境的調適也是一大重點，先看此時樂天在詩中呈顯出的
心境意涵：

> 盡日松下坐，有時池畔行。行立與坐臥，中懷澹無營。（〈詠
> 懷〉，頁 133）

> 身心一無繫，浩浩如虛舟。富貴亦有苦，苦在心危憂；貧
> 賤亦有樂，樂在身自由。（〈詠意〉，頁 135）

> 心不擇時適，足不揀地安；窮通與遠近，一貫無兩端。（〈答
> 崔侍郎、錢舍人書問，因繼以詩〉，頁 138）

> 我心忘世久，世亦不我干；遂成一無事，因得常掩關。（〈閉
> 關〉，頁 139）

松下閒坐或池畔邊閒行，成了樂天的生活重心，無論行立或坐臥，都
能清靜本心，無所欲求。身心的閒適有如浩浩虛舟，無所拘絆。富貴
之人，心常處於危憂的狀態；貧賤之人，卻能享受身心的自由。心隨
時隨地都能擁有適意，正如腳不選擇地方也能處於安適的地步；窮通
其實是相貫穿，端看人心如何看待。由於自身之心遺世已久，世間之
事與我皆不相干，因而形成無一事可忙的情況，可以常掩門而關，不
必理會外在的人事物。

　　內在「知足」心態的調整，也是一項重要因素，從〈答故人〉一詩可瞭解此時知足心態的呈現：

> 故人對酒歎，歎我在天涯。見我昔榮遇，念我今蹉跎。問我爲司馬，官意復如何。答云且勿歎，聽我爲君歌。我本蓬蓽人，鄙賤劇泥沙。讀書未百卷，信口嘲風花。自從筮仕來，六命三登科。顧慚虛劣姿，所得亦已多。散員足庇身，薄俸可資家。省分輒自愧，豈爲不遇耶。煩君對杯酒，爲我一咨嗟。（頁 130）

故人見樂天貶爲江州司馬，不禁有淪落天涯的感觸。見昔日的榮遇，今日卻在此地蹉跎歲月，不禁被問到身爲司馬之職的想法。樂天在此勸慰友人勿悲歎，且聽他陳述心境。自認出身低微、閱讀有限，卻能在仕途當中順利取得三登科的榮耀，這樣的獲得對樂天而言已夠多！面對「司馬」散官一職則認爲足以庇身，微薄的俸祿足以養家。反省自身所得早產生愧疚的心態，如今這樣的境遇難道還算懷才不遇嗎？雖爲答故人之語，但也可視爲樂天對自己心境轉折、調適的過程。貶謫異鄉，又擔任閒官，這樣的境遇對曾握有實權及名利的政治人物而言，恐怕不容易接受。然而，樂天的獨特處便在逆境中學會調整自我心態，轉換事情的觀看角度，心態便會有所不同。因而一般人眼中的貶謫之苦，在樂天閒適詩的筆下卻轉換成知足心態的呈現。至於其他知足心的呈現，例如：

> 人生苟有累，食肉常如飢；我心既無苦，飲水亦可肥……不歎鄉國遠，不嫌官祿微。（〈對酒示行簡〉，頁 145）

> 冉牛與顏淵，卞和與馬遷。或罹天六極，或被人刑殘。顧我信爲幸，百骸且完全。五十不爲夭，吾今欠數年。知分心自足，委順身常安。故雖窮退日，而無戚戚顏。（〈詠懷〉，頁 145）

形容自己對外物無太多的追求，因而能處於無苦處的心境，一旦要求過多，得不到時便會產生苦痛。「飲水亦可肥」一語已點出樂天對生活基本需求甚低。不過份要求，便容易產生知足心。即使處於江州、

當個卑微的司馬官位，也能安於現狀，不悲歎離鄉去國遠，也不嫌棄官祿的低微。之前提過，樂天知足心的養成最常用的手法便是從「比下有餘」中尋得滿足。在此，同樣的想法再現，只是這次樂天是從歷史人物中尋求自解，舉出古聖賢如冉牛、顏回、卞和及司馬遷等人的下場極為悲慘，反顧自身且為幸，幸得自己形骸尚健全。常懷知足便易滿足，順應自然身體自然安泰，即使處於窮退日，也無憂愁貌。

此階段閒適詩較為特別的一點在於，樂天開始書寫有關生活環境布置及生活情趣營造的相關論述，如〈香鑪峯下新置草堂，即事詠懷，題於石上〉一詩中描述新置草堂的選擇原則，及建構後喜悅心情的陳述：

> 香鑪峯北面，遺愛寺西偏。白石何鑿鑿，清流亦潺潺。有松數十株，有竹千餘竿。松張翠繖蓋，竹倚青琅玕。其下無人居，惜哉多歲年！有時聚猿鳥，終日空風煙。時有沈冥子，姓白字樂天。平生無所好，見此心依然。如獲終老地，忽乎不知還。架巖結茅宇，斸壑開茶園。何以洗我耳，屋頭飛落泉。何以淨我眼，砌下生白蓮。左手攜一壺，右手挈五弦。傲然意自足，箕踞於其間。興酣仰天歌，歌中聊寄言。言我本野夫，誤為世網牽。時來昔捧日，老去今歸山。倦鳥得茂樹，涸魚返清源。捨此欲焉往？人間多艱險！（頁137）

詩題「即事詠懷」即表明就某事而詠發自己心情的寫照。「事」，當指樂天在香鑪峯下新建草堂一事。寫於草堂剛落成之初，大概敘述草堂四周的景致，白石遍地，清流潺湲，松張如傘蓋，竹蔭茂如亭。但這個地方無人居住過，荒廢許多年，有時成為猿鳥聚集地，終日只有風煙飄過，根本無人來往於此。具有沉冥思想、韜光養晦的隱士如樂天，平生無所愛好，但見此地則心存眷戀，如獲得終老之地沉迷其中，流連忘返。於是開始架巖構築草堂，斸壑開闢茶園，並以飛泉洗耳、白蓮淨眼來洗滌身心。左手攜著酒，右手拿著五弦琴，自感心滿意足，雙腿屈膝坐於其間。興酣之際仰天長歌，歌中聊寄心中的志向。自認

本為村野之人，誤入政治一途被仕途牽絆。昔日曾近侍於皇帝身邊，老去後如今被貶官，到此隱居。如同倦鳥找到可以棲身的茂樹般快樂，旱地上的魚返回清水般自在。捨棄此地還能往哪去呢？人間本多艱險之地，一不小心又誤入塵網，難以擺脫。雖言建構草堂的經過，但其中的要旨在於表達樂天追求恬淡寧靜心情的努力，也說明他看清仕途的本質，寧願歸返自然，追求寧靜素樸的生活。

　　除了建構草堂作為平日休憩之所，特別的是樂天對開鑿「小池」特別有興趣，草堂前、官舍內都可看見小池的蹤跡，〈官舍內新鑿小池〉、〈小池二首〉及〈草堂前新開一池，養魚種荷，日有幽趣〉等詩皆具有相同的旨趣。以〈小池二首〉為例說明樂天對小池的喜愛與營造方法：

> 晝倦前齋熱，晚愛小池清。映林餘景沒，近水微涼生。坐
> 把蒲葵扇，閒吟三兩聲。
>
> 有意不在大，湛湛方丈餘。荷側瀉清露，萍開見游魚。每
> 一臨此坐，憶歸青溪居。（頁139）

主要說明樂天喜愛小池的原因在於「清涼性」，靠近池邊便能感受到水的清涼。小池的規模只要方丈之餘便足夠，其大小並不會影響追求閒意的有無。閒意之趣的追尋還得靠個人主體的營造，樂天還在池中種荷花及浮萍，並在其中養魚。若僅有一方池水並不能引發太多的興味，樂天懂得在其中養魚種荷，構成一個自足的自然生態，帶給自己及人們更多的觀看趣味。

　　即使日後擔任杭州刺史一職，寫下的閒適詩也多為調適後的心情寫照，如〈詠懷〉一詩述說的：

> 昔為鳳閣郎，今為二千石。自覺不如今，人言不如昔。昔
> 雖居近密，終日多憂惕。有詩不敢吟，有酒不敢喫。今雖
> 在疏遠，竟歲無牽役。飽食坐終朝，長歌醉通夕。人生百
> 年內，疾速如過隙。先務身安閒，次要心歡適。事有得而
> 失，物有損而益。所以見道人，觀心不觀跡。（頁156）

詩中對前後期兩種任職作了一個頗有意思的對比：自己原來在京城做

近臣，現在在杭州當郡守，人們都認爲今不如昔，但自己卻認爲今勝於昔。昔日雖居住在政治中心，卻必須過著憂惕的生活，有詩不敢吟、有酒不敢飲的痛苦。如今雖遠離政治中心，但全年無職役的牽絆，飽食終日，整夜長歌醉飲。人生短暫，最要緊的是先讓自己處於悠閒狀態，其次再求內心的歡適。並從「有得必有失」的常理中提出一套衡量人生價值的標準，就是「觀心不觀跡」，把精神的自由、心情的舒暢提高到極高地位，以此言：不必在乎外在的榮辱變化，只求內心的歡適與否。

因而，即使閒居在家仍可過著閒意的生活，試看〈郡亭〉一詩描寫：

> 平旦起視事，亭午臥掩關。除親薄領外，多在琴書前。況有虛白亭，坐見海門山。潮來一憑檻，賓至一開筵。終朝對雲水，有時聽管弦。持此聊過日，非忙亦非閒。山林太寂寞，朝闕空喧煩。唯茲郡閣內，囂靜得中間。（頁 155～156）

早起視察進行例行公事，中午過後便在官舍內的亭中閒臥，關起門不願受人打擾。自言除了處理公務外，其餘時間多在琴書前。更何況今日有此亭，可以望見錢塘江的海景。潮來憑檻聆聽，有客至則開席宴客。整日對著雲水、聽著管弦，生活相當自由、愜意，這樣的生活型態非忙也非閒。既不寂寞也不喧煩的工作及居處環境，正是樂天追求的生活型態。

此時，樂觀曠達的生活態度再次被強調，如他在〈清調吟〉一詩所言：「今晨從此過，明日安能料？若不結跏坐，即須開口笑」（頁155），說明時間消逝的無常，若不學禪定心，則須開口以笑應世，以面對外界種種突發的可能性，此心才能快樂。〈狂歌詞〉一詩則把這種態度表現得更爲狂放：

> 明月照君席，白露霑我衣。勸君酒杯滿，聽我狂歌詞。五十已後衰，二十已前癡。晝夜又分半，其間幾何時。生前不歡樂，死後有餘貲。爲用黃壚下，珠衾玉匣爲。（頁 155）

此詩創作於長慶二年（822）〔註77〕，樂天已五十一歲。在明月高升、露水沁涼的深夜，勸君把酒杯斟滿，傾聽自己狂放的歌唱。省視自己五十歲以後便衰老，回顧自己二十年前的時光又覺自己太過痴狂。人生的歲月如此短暫，生前若不懂得歡樂，死後留下的財產，難道可以放入黃壚下，作爲購買珠衾玉匣的資產嗎！「及時行樂」在樂天身上呈顯的意義，並非作爲消極逃避現世的方式，而是一條積極尋求人生快樂的道路。

2. 官職轉換途中創作的閒適詩

　　官職轉換途中創作的閒適詩又可分爲二期來觀察，一是樂天遭受貶謫，從長安赴江州司馬途中，二是樂天自求外任，從長安赴杭州刺史途中。兩時期的成因不同，但樂天皆有隨處安逸、適時轉換心境的詩作呈現。先看往江州路上創作的〈舟行〉一詩：

> 帆影日漸高，閒眠猶未起。起問鼓枻人，已行三十里。船頭有行灶，炊稻烹紅鯉。飽食起婆娑，盥漱秋江水。平生滄浪意，一旦來遊此。何況不失家，舟中載妻子。（頁127）

往江州的路程是走水路，即使遭遇貶官的命運，途中樂天依舊高眠未起。起問船夫，才曉得已經離開長安三十里的距離了。睡飽後依舊飽食一餐，飽食後往來走動，舉止悠閒自然，毫無侷促之感。因爲原就有濯纓濯足、隨遇應世的心理準備，更何況此趟路途還有家人的隨行。

　　剛從長安城要往杭州出發時，寫下〈初出城留別〉一詩，表達自己即將遠行的心情：

> 朝從紫禁歸，暮出青門去。勿言城東陌，便是江南路。揚鞭簇車馬，揮手辭親故。我生本無鄉，心安是歸處。（頁149）

早上從皇宮的紫禁城歸返，傍晚即將從長安東門離開，欲往江南之地。臨行之時，一邊揚著馬鞭趕著馬車，另一邊也揮手辭別送行的親友，且對他們言：本就沒有一定的家鄉，心安身安便是歸宿。言下之意，

〔註77〕同注20，頁433。

希望親友對自己的這趟遠行能夠安心。雖然遠在江南之地，但只要在心安身安的處境下，到那裡對樂天而言都無太大差別。

至於赴杭州刺史途中曾寫下〈長慶二年七月自中書舍人出守杭州，路次藍溪作〉一詩表達當時的心境：

> 餘杭乃名郡，郡郭臨江汜。已想海門山，潮聲來入耳。昔予貞元初，羈旅曾遊此。甚覺太守尊，亦諳魚酒美。因生江海興，每羨滄浪水。尚擬拂衣行，況今兼祿仕。青山峰巒接，白日煙塵起。東道既不通，改轅遂南指。自秦窮楚越，浩蕩五千里。聞有賢主人，而多好山水。是行頗爲愜，所歷良可紀。策馬度藍溪，勝遊從此始。（頁 148）

樂天從政治中心的中書舍人一職外任到杭州刺史，許多人不見得願意如此。樂天自請外任，無非想脫離政治中心。途中的心情相較於赴江州時更形輕鬆自如，因而先道出對杭州之地的嚮往。杭州乃爲名郡，郡的外城面臨錢塘江，雖尚未眞正到達此地，但已能想像澎湃潮水聲襲擊而來的景象。貞元初曾羈旅此地，因而樂天對這個地方並不陌生。樂天還甚覺太守一職尊貴，可以嘗盡當地佳餚美酒。每因江海之興常欣羨滄浪之水，可以濯纓濯足的意趣，原本打算辭去官位再追尋退隱，更何況今日兼有仕俸相佐。一想到此，心情也跟著愉悅起來。雖然路途遙遠，但聽聞那裡多好山水的主人行爲頗爲愜意，這些皆有記錄可尋。想到此，不禁趕緊策馬渡過藍溪往杭州急駛，一切山水勝地遊覽之趣即將展開！

其他詩篇也多陳述往赴杭州的愉悅心情及途中所見、所遊之趣味，例如：

> 何言左遷去，尚獲專城居。杭州五千里，往若投淵魚。雖未脫簪組，且來泛江湖。吳中多詩人，亦不少酒酤。高聲詠篇什，大笑飛杯盂。五十未全老，尚可且歡娛。用茲送日月，君以爲何如。秋風起江上，白日落路隅。回首語五馬，去矣勿踟躕。（〈馬上作〉，頁 152）
>
> 筋力未全衰，僕馬不至弱。又多山水趣，心賞非寂寞。捫

> 蘿上煙嶺，躡石穿雲壑。谷鳥晚仍啼，洞花秋不落。提籠
> 復攜榼，遇勝時停泊。泉憩茶數甌，嵐行酒一酌。獨吟還
> 獨嘯，此興殊未惡。假使在城時，終年有何樂。（〈山路偶
> 興〉，頁 153）

任杭州刺史何必言「左遷」，更何況還有杭州專城可居住，不至於飄泊無居處。前去五千里外的杭州，有如魚回到淵水之地，雖未能脫去官職，但暫且來遊江湖。吳中之地多詩人，亦少不了酒會，酒杯交錯中吟詠著詩歌。五十歲尚未老大，還可到處遊玩享受樂趣。以此來看，擔任杭州刺史有何不妥，趕緊催馬往赴，不要再遲疑。往赴途中經過山路，衡量自己的體力尚可，馬的體力也尚存，因而興起登山之趣。提著食物又帶酒，遇到風景勝地則停留。獨自吟著詩歌且長嘯，這樣的樂趣如果長年待在城中，應該無法感受。主要利用詩歌描述自身的心理狀態，看似矛盾、遺憾的處境，樂天都積極找尋到一種解決和協調的辦法，利用一種新的平衡，填補不足之處，使其自足。

（三）本時期閒適詩的特色

　　此階段的閒適詩由元稹代樂天劃分而出，元稹依據樂天原意，將具閒適情調的詩歌劃入「閒適」類。從分析閒適詩當中，可以得出元稹認定閒適詩需具備的特質：

■創作時機：閒暇之時

　　有些是利用退公閒暇之際所書寫，例如江州司馬任內一系列遊山玩水的詩作，如〈訪陶公舊宅〉、〈春遊二林寺〉、〈出山吟〉、〈遊石門澗〉、〈登香鑪峯頂〉等；杭州刺史任內之作，如〈初領郡政，衙退，登東樓作〉、〈郡亭〉、〈詠懷〉等。有些則是利用官職轉換途中，信筆寫來的詩作，包含往赴江州及杭州途中寫下的所有詩作，途中暇日較多，閒暇之際信手拈來便成了案頭文章。

■閒適詩中「知足保和」的呈現與「情性」的開展

　　1. 要求不高，順應自然——自適、自命、自足的情性

（1）以目前的生活爲自足，如卷七，閒適三：〈答崔侍郎、錢舍
　　人書問，因繼以詩〉、〈烹葵〉、〈對酒示行簡〉等詩。

（2）順應自然，以平常心過生活，如底下幾首：

　　卷七，閒適三：〈睡起晏坐〉、〈詠懷〉、〈歲暮〉、〈齊物二
　　首〉、〈達理二首〉。

　　卷八，閒適四：〈初出城留別〉、〈自望秦赴五松驛，馬上偶
　　睡，睡覺成吟〉。

（3）寧爲不才者，過閒散生活，如卷七，閒適三：〈春遊二林
　　寺〉、〈詠意〉二首。

2. 以不足爲滿足的恬淡情性：不爲外在世人認定的價值觀侷限，
反在世人認爲不足處言自我滿足的恬淡情性，如底下幾首：

　　卷七，閒適三：〈答故人〉、〈食筍〉、〈弄龜、羅〉、〈詠懷〉。

　　卷八，閒適四：〈長慶二年七月自中書舍人出守杭州，路次藍溪
作〉、〈詠懷〉。

3.「外有適意物，中無繫心事」——幽適情性：因外適內閒才可
言生活的幽靜與適意，如底下幾首：

　　卷七，閒適三：〈北亭〉、〈宿簡寂觀〉、〈約心〉、〈閒居〉。

　　卷八，閒適四：〈山路偶興〉、〈初領郡政，衙退，登東樓作〉、〈郡
亭〉。

4. 與友人往來之作：

（1）透過與友人的往來，表達欣羨其人的高義之行，如底下幾
　　首：

　　　卷七，閒適三：〈題元十八溪亭〉。

　　　卷八，閒適四：〈過駱山人野居小池〉。

（2）與友人相見歡之作，如卷七，閒適三：〈過李生〉一詩。

5. 思慕古人逸行之作：藉由這些詩作表達樂天對陶淵明、韋應
物、謝靈運等古聖賢逸行的思慕之情，如卷七，閒適三：〈題潯陽樓〉、
〈訪陶公舊宅並序〉、〈讀謝靈運詩〉三首。

　　6. 開發居家環境，得幽境閒情之作，如卷七，閒適三：〈官舍內新鑿小池〉、〈香鑪峯下新置草堂，即事詠懷，題於石上〉、〈草堂前新開一池，養魚種荷，日有幽趣〉、〈小池二首〉等詩。

　　綜合言之，詩人心境是調適後的平衡心態，並從中言自我滿足的情性。貶謫爲江州司馬不僅是仕途上的困境，也是人生途中的挫折。痛苦、不安的情緒，在詩中也有所反映，只是這部分元稹並不放置在「閒適詩」。閒適詩皆爲樂天調適後的心境反映，也因爲內心經歷一番反思與轉折，因而詩歌表現出的情調不同於一般官員遭受貶謫時呈現出執著、痛苦無法排遣的鬱悶。相較之下，樂天在閒適詩中表達出一套超越途徑，如徜徉於山水之中，找尋自身的快樂；善加美化居住環境，使其心境平和、美好，從中獲得滿足感，這滿足感已脫離政治環境，回歸到單純詩人身份，從山水、居家中發掘快樂。

　　至於赴杭州途中雖無當年貶謫心境，但刺史一職終究爲地方官，願意離開中央政治環境，選擇一個地方官屈就，這在當時又有幾人懂得急流湧退的道理！元稹擇選出的詩作，特質多爲向世人訴說心境的平和與滿足之道。真正抵達杭州後，樂天也隨即忙於公務。元稹則認爲刺史事務的繁忙，並不影響樂天創作閒適詩，詩中描述、歌詠的對象，不若江州時期的大自然美景，而較偏於當下的心境感受，訴說退公後自在、歡適之情。

　　若將此時期閒適詩特點與第一階段的閒適詩作比較，將會發現樂天與元稹認定的閒適詩有著些許不同。樂天認定的閒適詩多著重在書寫個人情性，在日常生活中表明當下悠閒、自適之心。元稹認定的閒適詩，則較偏於反思後閒適、自得之情。這微妙差異與樂天仕途有著密切關係，第一階段的閒適詩，大都處於仕途平順下的創作；而此時期的創作，隨著樂天仕途的困頓與起伏，詩作也呈現不一樣的風貌，詩歌風格無法再如往昔般平和，感傷、痛苦過後的平和心境便表現在閒適詩中。至於閒適詩的基本特質，元稹可謂抓住了樂天所言的精髓，樂天界定的閒適，不止於一般的悠閒、舒適之情，更多的是能跳脫一

般制式化的概念與想法，追求心靈上的平靜與快樂，因而不避言自我的真實個性，及自我想過的生活型態。

三、長慶三年至寶曆元年的作品——元稹代輯閒適詩的拓展性

　　此階段的詩作大都在杭州刺史任內及左庶子分司東都期間創作，這段期間的閒適詩仍由元稹類分而出。底下依創作時間與作品內容作一番探析。

（一）元稹類分出的閒適詩

　　杭州刺史任內的閒適詩多為當下心境的抒寫與反映，創作地點也多集中在官舍內，以〈郡中即事〉為此時期的代表作：

> 漫漫潮初平，熙熙春日至。空闊遠江山，晴明好天氣。外有適意物，中無繫心事。數篇對竹吟，一盃望雲醉。行攜杖扶力，臥讀書取睡。久養病形骸，深諳閒氣味。遙思九城陌，擾擾趨名利。今朝是隻日，朝謁多軒騎。寵者防悔尤，權者懷憂畏。為報高車蓋，恐非真富貴。（頁 156）

廣大無邊際的潮水已漸漸恢復昔日的平靜，暗示著和煦春日即將到來。向外望去盡是遼闊的江山，晴朗的好天氣。外在有適意之物，內心又無心事牽絆，因而生活顯得相當愜意。時而對竹吟詠詩歌，或望著朵朵白雲飲酒。隨著年紀老大，走路也需攜杖行走，坐臥讀書累了便睡。因久病從中得出更多閒意，也深諳閒氣味。此時的生活與「閒」字分不開。今朝是隻日，遙想到長安之地的那些名利之徒，上朝之日往往以軒車或馬車代步。但得寵之人需防悔恨及過失，擁有權力者也常懷憂懼心。為了名利而如此汲汲營營，擔心憂懼地過日子，這樣的生活型態恐怕不是真正的富貴！在與京官的對比下，凸顯出地方官的閒適情意。

　　然而，樂天認為真正富貴的生活型態又是該如何？正如樂天在詩中反覆陳述的——沒有公務煩身的日子，也就是退公之餘的閒暇，試

看底下詩句呈現的意涵：

> 新年多暇日，晏起褰簾坐。睡足心更慵，日高頭未裹。徐
> 傾下藥酒，稍熱煎茶火。誰伴寂寥身，無弦琴在左。（〈郡
> 齋暇日，辱常州陳郎中使君《早春晚坐水西館書事詩十六
> 韻》見寄，亦以十六韻酬之〉，頁 157）

> 何言太守宅，有似幽人居。太守臥其下，閒慵兩有餘。起
> 嘗一甌茗，行讀一卷書。（〈官舍〉，頁 157）

> 食飽拂枕臥，睡足起閒吟。淺酌一盃酒，緩彈數弄琴。既
> 可暢情性，亦足傲光陰。誰知利名盡，無復長安心。（〈食
> 飽〉，頁 159）

到了新年閒暇之日更多，樂天依然過著晚起、閒坐的生活。自己睡飽
後心態更形慵懶，即使太陽日升當中，頭髮依然未梳理。緩慢地煎著
藥酒，無弦琴陪伴在其左右。即使是太守的官宅，卻有如隱士居住的
地方，坐臥其中，閒慵之心兼有。有時起來喝茶，有時閒讀一卷書，
行動相當自由，也不受外界的拘束。吃飽後便和著枕頭閒臥，睡飽了
便起來閒吟。時而淺酌一杯酒，或緩慢地彈弄弦琴。這樣的日子不僅
可以舒暢自我的情性，亦可以向光陰炫耀，表明自己並沒有虛擲光陰，
但又有誰能明瞭自己名利之心不復有。從上述詩歌可看出琴、瑟是樂
天生活中重要的伴侶，也是閒適生活不可或缺的東西。對長安不再有
名利追逐的慾望，冀望過的生活型態也就與政客有所不同。樂天盡量
將自己的生活過得簡單，從日常作息中言自身的閒適與快樂。不同於
京城豪華，在日日宴樂酬酢中建立起官場的人際網絡，地方官的寂寥
度日，則是提供了另一種生活情趣。

這樣的生活型態，可以用〈南亭對酒送春〉一詩總結樂天抱持的
看法：

> 含桃實已落，紅薇花尚薰。冉冉三月盡，晚鶯城上聞。獨
> 持一杯酒，南亭送殘春。半酣忽長歌，歌中何所云。云我
> 五十餘，未是苦老人。刺史二千石，亦不為賤貧。天下三
> 品官，多老於我身。同年登第者，零落無一分。親故半為

鬼，僮僕多見孫。念此聊自解，逢酒且歡欣。（頁159～160）

外在的景象都訴說著春天即將落幕，樂天獨自一人持著酒杯，在南亭對酒贈別殘春。半酣之際心有所感，起而長歌，歌中自言年紀雖達五十歲，但並不是孤苦的老年人。杭州刺史的俸祿二千石，雖不多但還不至賤貧。天下身爲三品官者，年紀多老於我身。同年登第者，迄今零落無一人。親故多半已爲鬼，僮僕間也已見兒孫輩。想到自己幸福的處境便聊以自解，逢酒之間也不再感嘆而該歡欣，慶幸自己至今仍受上天的眷顧。

杭州刺史任期屆滿，除去刺史一職尚未離開杭州的期間，樂天心情依舊開朗，看〈除官去未間〉一詩陳述的：

除官去未間，半月恣遊討。朝尋霞外寺，暮宿波上島。新樹少於松，平湖半連草。躋攀有次第，賞玩無昏早。有時騎馬醉，兀兀冥天造。窮通與生死，其奈吾懷抱。江山信爲美，齒髮行將老。在郡誠未厭，歸鄉去亦好。（頁160）

除官去未間的半個月時間幾乎都在四處遊玩中度過。白天往霞外寺，晚上夜宿波上島。躋攀山水有次第之分，但賞玩山水卻無早晚之別。有時騎著馬醉臥在大自然中，與自然渾爲一體，無所區分。窮通與生死都不影響自身的懷抱。江山風景雖然美麗，但齒髮也漸漸衰落、年老，更該趁著美景努力遊玩。待在杭州城雖未產生厭惡之心，但如果可以回到家鄉，也是不錯的選擇。可見，樂天此時的心態已呈現「隨遇而安」，不因外在環境的變遷影響內心狀態，因而認爲待在杭州或回家鄉都無太大的差別。

延續這樣的心態，樂天從杭州返回洛陽途中也是輕鬆自在貌，寫下〈自餘杭歸，宿淮口作〉一詩：

爲郡已多暇，猶少勤吏職。罷郡更安閒，無所勞心力。舟行明月下，夜泊清淮北。豈止吾一身，舉家同燕息。三年請祿俸，頗有餘衣食。乃至僮僕間，皆無凍餒色。行行弄雲水，步步近鄉國。妻子在我前，琴書在我側。此外吾不知，於焉心自得。（頁161）

身為刺史期間已經有許多閒暇日，更何況今日無刺史一職的拘束更顯安閒，無所勞心力的地方。船沿著明月而行駛，夜晚則寄泊在淮北之地，船上不只樂天一人，而是舉家同在一起。官職轉換途中的辛勞樂天常感受不到，他比其他人幸福的地方在於：周車勞頓之苦都有家人陪著。三年刺史的俸祿，讓樂天衣食無缺頗有餘，至於僮僕也都無凍餒之色。玩弄雲水之間，也步步邁向家鄉。妻子在眼前，琴書陪伴在左右，對此已自足。其餘樂天不願多想、多得，寧願安於現狀自得其樂。

　　到達洛陽後，為了安頓自身，也為了替天竺石及華亭鶴找到棲身之處，買下履道宅一屋，該地的環境「東南得幽境，樹老寒泉碧；池畔多竹陰，門前少人跡」（〈洛下卜居〉，頁162），在洛陽城的東南邊得此幽靜之地，此地樹老、寒泉碧，池畔間多竹陰，門前亦少人跡。尋覓到好居宅，再回顧自己往昔的路程，寫下〈洛中偶作〉一詩，東都閒適詩的創作也從此開展：

> 五年職翰林，四年蒞潯陽。一年巴郡守，半年南宮郎。二年直綸閣，三年刺史堂。凡此十五載，有詩千餘章。境興周萬象，土風備四方。獨無洛中作，能不心悢悢。今為青宮長，始來遊此鄉。裴回伊澗上，睥睨嵩少傍。遇物輒一詠，一詠傾一觴。筆下成釋憾，卷中同補亡。往往顧自哂，眼昏鬢鬢蒼。不知老將至，猶自放詩狂。（頁162）

樂天回顧自己的仕途：自元和二年到六年擔任約五年的翰林學士，元和十年到十三年擔任約四年的江州司馬。元和十四年約一年的時間擔任忠州刺史，元和十五年擔任短暫的尚書省司門員外郎一職。長慶元年至二年任主客郎中知制誥，除中書舍人。長慶二年至四年擔任杭州刺史。前後歷經十五年，創作的詩篇多達千餘篇。詩歌的詩境包羅了宇宙萬象，也包含描繪地方風情以及遍及四方各地之作。唯獨沒有洛陽之作，怎能不惆悵！今年才至洛陽擔任太子左庶子一職，始來遊此地。或徘徊在伊水、澗水旁，或在嵩山旁傲視群雄。遇物則一詠，一詠則飲一盃。以寫詩平息心中的憾恨和不平，彌補詩卷不足的部分。

雖然年紀已大，眼昏、鬢髮蒼蒼，但看著自己的詩作也頗爲得意，不知老之將至，猶自放詩狂，以此形容自己寫詩時天眞赤誠的樣子。疏離政治核心，讓他即使在官也能過閒適的生活，而不僅止如前二階段的退公養病。

　　每至一地，樂天總會利用詩歌寫下當時的心境，〈自詠〉一詩便具有這樣的旨趣：

> 夜鏡隱白髮，朝酒發紅顏。可憐假年少，自笑須臾間。朱砂賤如土，不解燒爲丹。玄鬢化爲雪，未聞休得官。咄哉箇丈夫，心性何墮頑。但遇詩與酒，便忘寢與餐。高聲發一吟，似得詩中仙。引滿飲一醆，盡忘身外緣。昔有醉先生，席地而幕天。于今居處在，許我當中眠。眠罷又一酌，酌罷又一篇。回面顧妻子，生計方落然。誠知此事非，又過知非年。豈不欲自改，改即心不安。且向安處去，其餘皆老閒。（頁 164）

夜間照鏡，隱隱約約看見白髮越來越多。因白天飲酒臉頰轉而紅潤，展現出的酡顏看似爲少年容色，故曰「可憐假少年」。時人以燒朱砂爲仙丹，服食以求長生，但樂天自嘲不懂此道。玄鬢雖已雪白但仍未休官，以此嘲弄自己心性冥頑不化。雖然如此，但只要遇到詩與酒，便會忘記寢食。高聲吟唱詩歌，似得詩中仙。酒盞斟滿一盃，飲酒後便可忘卻身外諸事。舉晉代劉伶「以天空爲帷幕，以大地爲床席」爲例，說明自己身有居處，可許我當中眠，此外又飲酒，飲罷又寫詩的閒意。回頭看妻子，才知生計蕭然困頓。拉回到現實生活，樂天心中也知道整日以詩酒爲重，對家庭是一項重擔，即使自愧，內心想要改掉這些習慣，但已過五十歲知非改過的年歲。況且若除去詩酒的生活習慣，恐怕心中便不安寧舒服。心若不安還不如不改變現狀，且尋內心安適處，其餘年老之事暫時不去管它。詩中對自己半老的情狀及生活作一全面的描繪，即使生計並不優裕，但仍不願拋棄詩酒，可見詩酒對樂天的重要性。也可看出樂天並不很在乎外在的物質條件，主要著重內心是否能得到安適。

此時描述日常生活情景的詩句也相當多，從中可窺知樂天閒適心態的生活面向：

> 既懶出門去，亦無客來尋。以此遂成閒，閒步遶園林。（〈林下閒步，寄皇甫庶子〉，頁 164）

> 睡足仰頭坐，兀然無所思。如未鑿七竅，若都遺四肢。緬想長安客，早朝霜滿衣。彼此各自適，不知誰是非。（〈晏起〉，頁 165）

> 平旦領僕使，乘春親指揮。移花夾暖室，徙竹覆寒池。池水變綠色，池芳動清輝。尋芳弄水坐，盡日心熙熙。一物苟可適，萬緣都若遺。設如宅門外，有事吾不知。（〈春葺新居〉，頁 165）

樂天既懶於出門，亦無客來訪，這種生活型態正好培養樂天閒適的心情，於是在園林閒步遶行。或睡飽後仰頭而坐，心中無所思，身心相當舒暢，遙想在長安追求名利之客，即使是寒冷的冬天，為了早朝也必須早起外出，因而官服早已佈滿霜雪。自己的生活型態與長安客相差甚遠，但只要彼此找到各自適意的方式，又何必言誰的生活方式對與錯。有時，樂天早起領著僕吏，乘著春季親自指導移花種竹之法。頓時間，寒池變成生動的綠色，搖曳著清光。沿著池邊而坐尋芳弄水，整日心情都很和樂。一物便可讓詩人有適意的心情，其餘千千萬萬的事物恍如都不存在。即使宅外有事情發生詩人都不知道，只求高雅、閒適的生活情趣，對外在事物一概不關心。

（二）本時期閒適詩的特色

綜上所述，此階段元稹類分出閒適詩「知足保和」的呈現與「情性」的開展情形如下：

■要求不高、順應自然——自適、自命、自足的情性

1. 以目前的生活自足，如卷八〈食飽〉、〈南亭對酒送春〉、〈自餘杭歸，宿淮口作〉、〈移家入新宅〉等詩。

2. 順應自然，以平常心過生活，如卷八〈晏起〉一詩。

3. 寧爲不才者，過閒散生活，如卷八〈官舍〉一詩。

■「外有適意物，中無繫心事」──幽適情性：因外適內閒才可言生活的幽靜與適意，如卷八〈郡中即事〉、〈玩新庭樹，因詠所懷〉、〈除官去未間〉、〈林下閑步，寄皇甫庶子〉諸詩。

■與友人往來之作

1. 透過與友人的往來，表達欣羨其人的高義之行，如卷八〈過駱山人野居小池〉一詩。

2. 與友人相見歡之作，如卷八〈舟中李山人訪宿〉一詩。

■開發居家環境，得幽境閒情之作，如卷八〈春葺新居〉一詩。

由上述的整理、分析，可知前集中元和十年至寶曆元年間的閒適詩是由元稹揀擇而出，雖然每位分類者，在分類詩作時難免帶有個人色彩，但元稹可說已經相當掌握住樂天閒適詩的精神。樂天理論上言閒適詩的特點「知足保和，吟玩情性」，元稹在作品中也大量觀察到這一現象的呈現，因而擇選出的閒適詩，基本上以「知足」觀爲核心。認爲樂天所求不高（包含官位、俸祿等名利之物），常在別人言不足之處自求滿足，而非在每件事物完滿後言知足。因而，樂天喜言不才、拙直的個性，可以時訪山水境，過自己想過的生活，最終能說服自己，即使任官也能過閒適的生活，並以此爲樂，自足自在。

不論白居易或元稹分類出的閒適詩，都具有相當一致的指涉內涵，皆以「吟玩情性」爲重要考察點，此情性呈現的面向可分爲：（1）以「不才」爲自我定位（2）以不足爲滿足（3）凝聚社群，包含古人與今人，暢言與自己同類文人的閒適之樂（4）親近自然，包含遊山玩水與營造生活情境。

第三節 小結

經由上述的討論，可以針對白居易閒適詩觀及前集中作品的呈現方式，作出以下幾點結論：

　　第一，閒適詩觀的提出有兩大緣由，內在安分、知足心理的奠基，外在仕途困頓下的心境轉折，促使樂天在元和十年貶官之際，整理之前的詩歌，將其分類，並提出一套相因應的詩歌理論，閒適詩的定義在此被界定為「或退公獨處，或移病閒居，知足保和，吟玩情性者一百首，謂之『閒適詩』」。此後，直到大和八年，第二次提出閒適詩觀的相關論述，將閒適精神歸結「省分知足」心態的外在表現。「知足」心的體現貫穿著樂天一生，也影響閒適詩的創作，但「情性」這詞彙比「知足」涵義更廣，閒適詩當中除了知足心的開展，還有其他情性的發揮，因而「吟詠情性」成為樂天閒適詩觀的核心議題。「吟詠情性」的詩學脈絡，從〈詩大序〉到鍾嶸詩學再到樂天的閒適詩觀，可看出詩歌不斷向抒情特質靠攏的趨向。

　　第二，現今白居易集中可見的閒適詩卷數與數目共為四卷，二百一十六首。時間從貞元年間到寶曆元年，這些作品在元稹手中被編為「前集」。前集閒適詩的創作時間又有幾個不同的考察點，若以分類者作區分，可分為兩時期：元和十年貶官前之作以及元和十年至寶曆元年間的作品。第一階段的閒適詩由樂天自己編集，第二階段的閒適詩，樂天交由元稹，請其代為分類。若以樂天前、後集混淆的問題著眼，可發現長慶三年至寶曆元年是前、後集作品出現重疊的階段。因而元和十年至寶曆元年間的作品，又必須從中再細分為兩時期：元和十年至長慶二年，長慶三年至寶曆元年。

　　第三，樂天將自己的作品交由元稹代為分類，從中可考察詩人的心態及當時的文學現象。其一，元稹與樂天交情本甚篤，元稹對詩歌的分類提供樂天一條思索途徑，兩人都將吟詠情性的部分劃入古體詩，對詩歌分類有著相似看法。其二，樂天詩歌流傳雖甚廣，但時人所喜愛的詩類並非樂天看重的部分，樂天看重的諷諭詩及閒適詩，時人所不愛。其三，中唐時期每位詩人皆想在詩壇上有所立足之地，各詩派間的爭鳴，加上樂天對自己作品的珍愛程度，都寄望能在後世詩歌史中留有一席之地。所以，不論提出詩歌理論或創作詩歌的實際過程中，

都不斷尋覓知己，與其交換詩作，分享對詩歌的執著與熱愛。元稹便是樂天鎖定的對象，因而樂天才會將自己的作品交由元稹分類，自己並不參與分類工作。

第四，不論樂天或元稹分類出的閒適詩，透過實際作品分析，都可得出相當一致的內涵，元稹把握住樂天閒適詩的核心意旨——「吟詠情性」。情性的開展可分爲四大面向：以「不才」爲自我定位、以不足爲滿足、凝聚社群、親近自然。

總之，透過分析樂天閒適詩觀的理論及閒適詩作品的內容呈現，都將對樂天前集閒適詩作了一番探析工作，釐清樂天所言的閒適精神以及相關意涵，作爲基礎的考察標準，以便探索寶曆元年後閒適詩的內容與範圍，明瞭前後集閒適意涵的轉變。